新时代爱国主义教育经典读物

我和战友黄继光

WOHEZHANYOU
Huang Jiguang

有令峻 著

山东城市出版传媒集团·济南出版社

图书在版编目（CIP）数据

我和战友黄继光/有令峻著. —济南：济南出版社，2022.5　　　　　　　　　（2023.9重印）
（新时代爱国主义教育经典读物）
ISBN 978-7-5488-5145-5

Ⅰ.①我… Ⅱ.①有… Ⅲ.①纪实文学–中国–当代 Ⅳ.①I25

中国版本图书馆CIP数据核字（2022）第082677号

出 版 人　田俊林
责任编辑　刘秋娜
封面设计　胡大伟

新时代爱国主义教育经典读物：我和战友黄继光　有令峻 著

出版发行	济南出版社
地　　址	济南市市中区二环南路1号（250002）
发行电话	（0531）67817923　86922073
	86131701　86018273
印　　刷	东营华泰印务有限公司
版　　次	2023年9月第1版第2次印刷
成品尺寸	145mm×210mm　32开
印　　张	4
字　　数	60千
定　　价	32.00元

（济南版图书，如有印装质量问题，请与印刷厂联系调换）

导读

举世闻名的上甘岭战役

1950年6月25日,朝鲜人民军南进作战,朝鲜战争爆发。南朝鲜军在朝鲜人民军强大的攻势下,节节败退。9月15日,美军第十军在朝鲜半岛南部西海岸仁川登陆。朝鲜人民军腹背受敌,损失严重,转入战略后退。10月1日,美军越过北纬38度线(简称"三八线");19日占领平壤,企图占领整个朝鲜。同时,美军飞机多次侵入中国领空,轰炸丹东地区,战火即将烧到鸭绿江边。10月19日,中国人民志愿军赴朝参战;10月25日,在两水洞地区打响了入朝后的第一仗。1951年7月1日,交战双方在朝鲜来凤庄开始停战谈判,从此出现了两年多边打边谈的局面。1953年7月27日,交战双方在朝鲜板门店签订《关于朝鲜军事停战的协定》。至此,历时两年零九个月的抗美援朝战争宣告结束。

在抗美援朝战争中,中国人民志愿军官兵牺牲

19.7万人。

上甘岭战役是抗美援朝战争后期，中国人民志愿军为了粉碎以美国为首的"联合国军"的攻势，于1952年10月14日—11月25日，在朝鲜中部金化郡东北部五圣山南麓的上甘岭地区进行的坚守防御作战。"联合国军"先后动用美七师、韩二师，对上甘岭南侧实施猛烈进攻。志愿军依托坑道工事顽强抗击，至10月20日，表面阵地失守，防守部队转入坑道。"联合国军"用轰炸、熏烧、封锁等手段围攻。坚守坑道部队克服缺粮、缺水、缺弹等严重困难，坚持作战，打破围攻，守住了阵地。从30日开始，志愿军经过充分准备，实施反击，坑道内外部队密切配合，夺回表面阵地，击退"联合国军"的连续反扑，至11月25日战役胜利结束。此战役历时43天。

上甘岭本是一个十几户人家的小村庄，因打仗，村民们都逃走了，村庄房屋也在战火中成了一片废墟。战役中指的上甘岭，主要是以597.9高地和537.7高地这两个小山头为首的一片高地。这个地区的战略位置非常重要，它是志愿军中线的大门，也是扎进"联合国军"心窝的一把钢刀。

志愿军司令员彭德怀在上甘岭战役前对十五军

军长秦基伟说：五圣山是朝鲜中线的门户，失掉五圣山，我们将退后200公里无险可守。你要记住，谁丢了五圣山，谁要对朝鲜的历史负责。当时摆在中国军队眼前的一个残酷的事实是：朝鲜人民军相继丢失了五圣山两侧的"喋血岭"和"伤心岭"，使得中国军队的主力暴露在美军的强大火力面前。尽管美军也损失了几千人，但他们达到了战略目的。他们的下一个目标就是五圣山。

1952年10月14日凌晨3点半，战斗打响了。

美军计划用一天的时间占领上甘岭。一天之内，美军向上甘岭发射了30余万发炮弹，投下了500多枚航弹。

在此次战役中，"联合国军"调集兵力6万余人，大炮300余门，坦克170多辆，出动飞机3000多架次，在志愿军两个连约3.7平方公里的阵地上，倾泻炮弹190余万发，炸弹5000余枚。战斗激烈程度为战争史上所罕见，特别是炮兵火力密度，已超过二次大战水平。我方阵地山头被削低两米，高地的土石被炸松1—2米，成了一片焦土，许多坑道被打短了五六米。敌我反复争夺阵地达59次，我军击退敌人900多次冲锋。上甘岭一战，打出了我国的军威国威。据统计，我军伤亡约1.15万人，敌军伤亡2.5万余人，创造了我军历史上所没有的坚守防御成功的范例。

十五军在上甘岭战役中涌现出以特级英雄黄继光为代表的三等功以上各级战斗英雄共12 347人，占该军总人数的27.5%，以四十五师一三四团八连为代表的英雄集体200余个。在43天的战役中，拉响手榴弹、手雷、爆破筒与敌人同归于尽，舍身炸地堡、堵枪眼的烈士留下姓名的就有38位。这种视死如归的壮烈与坚持坑道十四昼夜的顽强，使得上甘岭成为二十世纪五六十年代英勇顽强的代名词，上甘岭精神成为全军将士，以至全国人民学习的榜样。

后来，曾任"联合国军"指挥官的马克·韦恩·克拉克在回忆录中写道，鉴于上甘岭战役中"联合国军"伤亡过重，"联军"远东指挥部不得不停止了任何兵力多于一个营的战斗计划。由此，这场战役实际上迫使"联合国军"停止了一切对志愿军的大规模进攻计划。克拉克说："我认为这次作战是失败的。"

参战部队中国人民志愿军十五军，回国后组建成解放军第一支空降兵部队，作为战略快速机动部队，驻扎在湖北。

特级英雄黄继光

黄继光，原名黄际广，革命烈士。1931年生于四川省中江县，1951年3月参加中国人民志愿军，后任第十五军第四十五师一三五团二营通信员。1952年10月20日在朝鲜上甘岭地区597.9高地牺牲，后来被中国人民志愿军领导机关追记特等功，并授予中国人民志愿军特级英雄称号（我军至今只有志愿军英雄杨根思和黄继光获得过这一级别的最高荣誉）；所在部队党委追认他为中国共产党党员，追授模范团员称号。朝鲜民主主义人民共和国最高人民会议常任委员会授予他朝鲜民主主义人民共和国英雄称号和金星奖章、一级国旗勋章。

1953年4月，黄继光的母亲邓芳芝作为代表出席了中国妇女第二次全国代表大会。中央电视台《国家记忆》栏目播放了这段首次公开的影像，真实地记录了英雄母亲在大会上发言的场景。戴着花镜的邓芳芝在会上说:"我的儿子黄继光,(我)把他送到远方。全国人民纪念他,我也感到很光荣。"

会后,毛泽东特别邀请邓芳芝到中南海做客,表达对英雄和英雄母亲的敬意。与邓芳芝同时被邀请的还有三位:刘胡兰的母亲、抗美援朝英雄女卫生员林范洪和第一代女飞行员的代表。邓颖超参加了这次会见。

邓芳芝双手紧握着毛主席的双手。毛主席说:"黄妈妈你好!多亏你把黄继光教育得好。教育他为人民服务。"

邓芳芝赶紧说:"毛主席教育得好,培养得好。"

毛主席说:"你生得好,养得好。"

影像中,在毛泽东接见与会代表时,邓芳芝坐在毛泽东的左侧,她的左侧是邓颖超。在众人的鼓掌和欢呼声中,邓芳芝紧紧地握住毛泽东的手,跟他说着话。

一场残酷的战争,让他们失去了各自心爱的儿子。他们有着共同的悲伤,他们也分享着共同的骄傲。

1956年11月6日,毛泽东接见全国烈属、残废军人、复员军人社会主义建设积极分子大会的代表时,第二次接见了邓芳芝。

1960年4月10日,毛泽东在全国人民代表大会二届二次会议上,第三次接见了四川省代表、黄继光烈士的母亲邓芳芝。

黄继光的名字和光荣事迹镌刻在上甘岭背后的五圣山上,他的家乡中江县石马乡改名为继光乡。

1962年10月,四川省中江县人民政府建立了黄继光纪念馆,朱德、董必武、刘伯承、郭沫若为之题词。1982年纪念黄继光英勇牺牲30周年时,邓小平为黄继光纪念馆的黄继光塑像基座题字:特级英雄黄继光。

2009年9月10日,在中央宣传部、中央组织部、中央统战部、中央文献研究室、中央党史研究室、民政部、人力资源社会保障部、全国总工会、共青团中央、全国妇联、解放军总政治部11个部门联合组织的"100位为新中国成立作出突出贡献的英雄模范人物和100位新中国成立以来感动中国人物"评选活动中,黄继光被评为"100位新中国成立以来感动中国人物"之一。

1956年,长春电影制片厂拍摄了电影《上甘岭》,

电影中的插曲《我的祖国》家喻户晓，传唱至今。

1986年和2010年，朝鲜先后拍摄了反映黄继光英雄事迹的电影《火红的山脊》《兄弟之情》。

上甘岭战役是抗美援朝战争中惨烈、著名的战役。黄继光是抗美援朝战争中，也是中华人民共和国成立以来受表彰规格最高的战斗英雄。

目录

故事的开始 /1

报名参军 /4

跨过鸭绿江 /12

修公路和捡柴火 /27

背米冻伤了手脚 /34

我与黄继光的生死约定 /40

机灵的通信员 /46

炮火连天上甘岭 /50

黄继光堵枪眼,惊天地泣鬼神 /57

和美国兵拼刺刀 /66

回到祖国怀抱 /74

在庆安陆军医院治伤的日子 /76

华东训练二团记事 /83

复员回乡 /90

想念黄继光 /94

目录 Mu Lu

如愿去四川黄继光的家乡 /102

84 岁加入中国共产党 /107

黄继光写给母亲的信（节选）/113

邓芳芝给中国人民志愿军的信 /114

我和战友黄继光

故事的开始

我叫李继德，是山东省淄博市高青县木李镇三圣村的村民。我1935年8月13日出生，1951年1月加入中国人民志愿军，参加了抗美援朝出国作战，特别是参加了上甘岭战役，与特级英雄黄继光同在十五军四十五师一三五团二营六连一排一班。

志愿军老战士李继德　马卫国　摄

从 2017 年 2 月起，作家有令峻多次来我家采访我。我把我在朝鲜战场上和黄继光、和其他战友们一起生活、战斗的情况，以及我负伤回国后的情况，对他做了详细的讲述。

在有令峻第一次采访我时，我问他，从哪儿说呢？他说，请您从头说吧。

三圣村，过去叫小沟里旺，大伙儿觉得小沟里旺不大好听，就改了名字。在中华人民共和国成立时，三圣村只有五六十户，300 多口人；现在有 100 多户，400 多口人。

我爷爷是个种地的，我父亲年轻时也种地，也上黄河上当船工。他当船工，不仅撑船，还扛石头、运石头。他干活的船，主要是从济南泺口装上石头，再运到下游的一些码头，卸下来，之后运到垦利的黄河入海口。因为在农村种地，养活一家人很难，当船工可以多挣几个钱。我父亲水性很厉害，1958 年时他已近 50 岁，还能横渡黄河。

1949 年中华人民共和国成立时，我 14 岁，跟着父亲去了黄河当船工。当船工是很苦的。行船时，要是有东南风，扯起布帆，一天就能到济南泺口。可要是碰上西北风，得四五天才能到。碰上西北风，还得上岸拉纤，等于是走到济南。夏天拉纤的时候，天热，下身只围块粗布，船工们一个个晒得跟黑泥鳅似的。

不过，我干了那一年多船工，还真练了身子。一是又能吃又能干，长了个子，练了劲儿；二是我在黄河里学会了游泳，一口气游出去千把米，一点儿问题都没有。俺们还常在船上炖黄河鲤鱼吃，那黄河鲤鱼，金翅金鳞、四个鼻孔，炖出来又鲜又嫩又香，特别好吃。

新时代爱国主义教育经典读物

报名参军

1950年10月左右,志愿军开始入朝了。我在济南泺口的码头上、济南的大街上看到了好多标语:"抗美援朝,保家卫国!""一人参军,全家光荣!""打倒美帝国主义!""美帝国主义侵略者从朝鲜滚出去!"还听到仁丰纱厂等工厂为抗美援朝捐献物资,家家户户捐钱捐物的消息。回到家乡,看到到处也贴着这样的标语,我就想我要当兵,当志愿军打美国鬼子!

这时我还不到16岁,到1951年8月我才满16岁。我问爹,我想去当兵,行不行?一开始爹瞪了我一眼,说你一个小毛孩子当啥兵,人家部队要你吗?我说爹,你以前不是见过打国民党军队的解放军吗,那里面就有十四五岁的小兵。我跟爹理论了一番,爹才说你要去就去吧,到了报名的那里肯定给你打回来。

于是，我在怀里揣了个窝窝头，和俺村的一个青年到青城镇报名去了。那个青年比我大十几岁。当时高青县政府设在青城镇，离俺村10公里。这个时间我记得很清楚，是1951年1月14日。镇上很热闹，有好多村民在跑旱船、耍龙灯，还有的唱《送郎参军》。

带兵的军人穿着一身黄军装，军帽上有一颗红五星，腰间扎一条皮带，挺威风的。他看我瘦瘦的，个子不高，就问："你十几了？"

我怕带兵的嫌我小不要我，胆子一壮，就说："我20岁了。"

带兵的再看看我，哈哈大笑："你20岁了？不对不对，我看你顶多15岁。不行不行，明年你再来吧。"

我一听就急了，说："到明年，美国鬼子早就给打跑了。我身体棒着呢，一天走50公里没问题，扛二三十公斤也没问题。我还会爬树、游泳，到了部队上绝对是个好兵。"

带兵的还是说不行。我就跟着他，再三请求。

带兵的问我："小伙子，为什么要当兵？"

我说："嘿，这还用说，抗美援朝，保家卫国，把美国鬼子从朝鲜赶出去呗！"

带兵的说："哟，初生的牛犊不怕虎。可是，当兵苦啊。这个季节,朝鲜可是冰天雪地了!"

我挺起胸膛说:"当兵就不怕吃苦。要是怕吃苦,我就不报名了!"

带兵的又说:"当兵就要打仗,打仗就会有牺牲。如果你回不来了呢?"

我说:"回不来就回不来。当兵不怕死,怕死不当兵!"

"嗬,行啊!"带兵的见我这么坚决,只好说,"那你登记去吧!"

为了当上兵,我在入伍登记表上写的是1931年8月13日出生。到了部队以后我又改过来了。

抗美援朝战争打响,全国掀起参军热潮

那时候入伍不用体检，带兵的让你来回走走，看你身体没有残废，也不傻，就通过了。我被批准了，我们村的那个青年也被批准了。他也是活着回来的，前几年去世了。

据高青县革命历史纪念馆记载：1951年1月，高青县有1800多名青年参加了志愿军，在抗美援朝战争期间牺牲224人，现健在248人。健在的老战士中荣立三等功者30余人，受嘉奖者90余人。

我一路小跑着回家，把这个喜讯告诉了爹和继母。爹和继母一开始还挺高兴的，一人参军全家光荣嘛！可又一考虑，爹说，哎儿子，你还有个大事儿！我问爹啥大事儿。爹说是你早先定下的那门亲事，你走了，让人家咋办？于是爹和继母、爷爷、奶奶就赶紧商量了起来。

老伴比我大一岁，是杂姓刘村的，叫齐振英。她那个村距离俺这个村一公里。

结婚前俺俩从没见过面，我也不知道她叫啥名字。当时中华人民共和国虽然已经成立了，但还是按过去的传统习俗。再说当时十几岁，哪知道啥叫恋爱呀。因为部队第二天下午要集合，开拔去德州，长辈们研究了一番，决定明天上午就迎亲拜天地。于是，派人去亲家送信,说要迎亲。下午家里收拾了一间房子当洞房,又去邻村租了一架花轿,裁了块红布当新娘子的盖头。

第二天一大早,我和抬着花轿的几个村民去了杂姓刘村,接了新娘子回家。在院子里,一拜天地,二拜高堂,最后是夫妻对拜。把新娘子送进洞房后,我掀开她头上的红盖头,才第一次见到了她。她不到17岁,还是个孩子。妻子出嫁后,就住在了我家,照顾我的父母和几个弟弟妹妹,还要下地干活,是很辛苦的。

到了下午,去德州的新兵队伍正好从青城镇走过来。我告别了妻子,告别了父母和弟弟妹妹,告别了乡亲,加入了队伍,由带兵的领着去德州。谁也不知道这一去还能不能回来。从这里到德州约200公里,我们走了三天才走到。晚上就住在老百姓家里。

这时候,新兵们都穿着便衣,一路上说说笑笑很兴奋。到了德州,我被分到新兵团二营七连。发了新军装,一套黄棉袄、黄棉裤,一双黑棉鞋,两件白衬衣,两个白短裤,一床被子,再是挎包、水壶、背包带。脱下黑粗布的老棉袄、老棉裤,穿上新军装,扎上腰带,只觉得挺神气的。只是帽子上没有五星帽徽,也没有领章胸牌。老兵说，这是为了保密，不暴露军队的标志。枪也没发。还有，当了兵一律剃光头，连寸头都没有，更别说留长头发的。在部队里，师长、团长也是剃的光头。上级说剃光头是为了负伤后方便包扎。所以，我看到有的抗美援朝电影里，首长留着大分头，就说太不真实了。换下来的粗布老棉袄、老棉裤、老棉鞋，也没法捎回家，都交给了征兵办公室，不知他们是怎么处理的。

每人发了一个吃饭的小铁碗，没发筷子、勺子。我们用很少的津贴（每人每月3万元，即3元钱）去小卖部买了把小勺。

在德州住了两天，坐上了闷罐车。车外面写的是"猪、牛、羊"，也是为了打掩护，防止特务向美国鬼子告密。

火车先是往南开。我和这几百名新兵还是第一次坐火车，只觉得又兴奋，又好奇。一个新兵小声嘀咕，朝鲜不是在北边吗？怎么车往南开呢？一个新兵说，也可能是拉咱们去打台湾吧。另一个新兵说，可咱们当的是志愿军，去打美国鬼子啊！带队的老兵一脸严肃地瞪着我们说，别瞎猜了！当了兵就是革命军人，一切行动听指挥！几个新兵伸伸舌头，互相瞅瞅，不吭声了。我看着车门外向后闪过去的田野树木,在心里默默地说,到了部队不立功,不入党,不当官(干部),就不给家里写信。

火车开到济南站停下了。各地的新兵在这里集结,火车编组,一起去东北。当地兵站的送饭来了,每人一个白面大锅饼。那大锅饼得有二三公斤,我们一路上就啃着那个大锅饼上了东北。

火车越往北开,天越冷。但战士们热情很高,一路上说说笑笑。带队的老兵还教我们唱歌。坐了两天两夜车,到了辽宁丹东。我们这些新兵集中训练了一个多月。练习立正、稍息、向右看齐、齐步走、跑步走,再是学内务条例。听连、排首长讲抗美援朝保家卫国的重大意义,讲我们党的宗旨是全心全意为人民服务,讲人民军队的任务是为人民扛枪、为人民打仗,讲《三大纪律八项注意》,讲"三八作风"。

战士们会写字的写决心书、请战书,不会写字的由战友代写或口头表决心。

我们学唱《中国人民志愿军战歌》:

雄赳赳,气昂昂,

跨过鸭绿江。

保和平,卫祖国,

就是保家乡。

中国好儿女，

齐心团结紧。

抗美援朝，

打败美帝野心狼！

这首《中国人民志愿军战歌》，本来是指导员麻扶摇写在黑板报上的战地诗，被记者发现了，觉得写得很好，发表在了《人民日报》上。音乐家周巍峙（解放军原总政治部副主任）看到这首诗，谱上曲子，就成了《中国人民志愿军战歌》。唱遍了全军，一直唱到现在。

临近春节，丹东的气温已经很低，有零下20多摄氏度。上级又给我们发了黄布军大衣，一个印着"最可爱的人"的白搪瓷缸子。为了保密，把白毛巾上印的"将革命进行到底"的红字剪了去。每人发了一把可以插在背包上的小铁锹，每个班还有三四把小铁镐，是战备施工用的。

这时，部队仍在陆续进入朝鲜。我们虽没有碰上美国鬼子轰炸丹东的飞机，但他们的"黑老鸹"却经常飞过来，在城市上空盘旋。他们一是派飞机来侦察，二是炫耀空中优势，吓唬我们。

跨过鸭绿江

1951年2月的一天晚上,我们奉命进入朝鲜。我们背上背包,每人背上五公斤炒面,从鸭绿江大桥下面一座木头搭的浮桥上走过去。这时鸭绿江大桥被美国飞机炸坏了,正在抢修。

进入朝鲜的第一站叫新义州。

中国人民志愿军跨过鸭绿江

从丹东到新义州20多公里，我们走了半个夜晚。到了新义州，为了不暴露目标，住在了树林里。白天，在林子里睡觉，因为要随时防空，睡觉也不能脱衣服，就穿着棉袄、棉裤和大衣睡，到了晚上再走。这时候我们还没发枪，到了平岩里才发的枪。

我们这一路走来，碰上的问题真不少。白天，美军飞机总是来扔炸弹，专门炸我们的公路、桥梁。他们还扔铁蒺藜。我们的车队行军时，隔500米放一个观察哨，发现敌机来了，就打枪。一个打枪，下一站观察哨听见了，接着打枪，一站一站往下传。

敌机驾驶员很狡猾，他从雪路上的车辙印判断我们有汽车通行时，再往下扔炸弹。所以我们车队最后边的一辆车拖着两捆树枝，用来扫掉汽车的辙印。我们行军，全凭两只脚走，一次汽车也没坐过。

我们走的路线是：丹东—新义州—龙川—盐州—古军营—宜川—路下里—定州—新安州—安州—文德—肃川—平原—顺安—平壤。

开始，我的脚上磨出很多泡，挑了之后再走路时非常疼。后来，走的路多了，铁脚板练出来了，也没有泡了。

因怕敌人飞机轰炸，炊事班不敢生火做饭，平时我们主要吃炒面。炒面是高粱面加上玉米面，再加上点儿盐炒成的。吃的时候，倒一些在碗里，加上些凉水，用个小勺子搅一搅，就喝下去。大多数战士吃了都拉肚子。人一拉肚子就没劲儿了，没劲儿了也得咬紧牙关往前走。我开始吃炒面也拉肚子，过了一段时间，可能是肠胃适应了，不拉肚子了。我的胃出奇地好，但负伤之后，胃不行了，主要是因为肠子被打坏了。

到达朝鲜的首都平壤时已经3月份，平壤城区被美军的飞机炸成了一片废墟，绝大多数房屋化为瓦砾，根本没法居住。城里的老百姓也跑光了，城市成了一座空城。

在朝鲜战争中，美军轰炸机在平壤上空投下了42.8万枚炸弹。当时平壤共40万人，平均每人承受了一颗炸弹的轰炸。1950年10月，美军占领平壤。1950年12月6日，志愿军三十九军一一六师和朝鲜人民军联合收复平壤。一一六师副师长张峰任平壤卫戍司令官。

但美机仍经常飞来轰炸，为了防空，我们不能住在平壤城内。我们连曾去过平壤城。看着一片断壁残垣，大家都很气愤，说这些美国鬼子真是惨无人道，我们只有早日把他们赶出去，朝鲜人民才能过上安定的日子。我们在平壤城的破房子里只待了一夜。因担心敌机轰炸，天不亮就撤回了城外。

从平壤北部向西，按照梨岘里—祥源—岩山—平岩里的路线行军。平岩里也叫夏又里（音译），我们在这里住了下来。出发的时候还穿着棉衣，走到这里已经5月初，穿单衣了。

我们连进了一条山沟，在沟的崖壁上开始挖洞，上边架上木头，搭成半地下半掩体式的住处，一个班一个洞。我们在朝鲜铺的、盖的只有一床被子。我们还有一件方形的雨衣，中间有个帽子可以套在头上。从来没有发过褥子。民房早让鬼子的飞机给炸烂了，也没有住过民房。

到了这里，我们才知道，十五军经过五次战役伤亡很大，志愿军司令部命令部队在这里休整，补充兵员和武器物资，准备下一步的战斗。

王树增在《朝鲜战争》中记述："第五次战役中国军队共投入15个军的兵力，战役持续50天，重创敌人8万多人，是五次大战役中歼敌最多的一次。但是，正如彭德怀所预言的：这是一场恶战。中国军队为此付出了巨大的代价，战斗减员达8.5万多人。

尤其是在后期撤退行动中，伤亡达1.6万人。战斗损失最严重的是一八〇师。"

第五次战役第一阶段从1951年4月22日到4月29日，历时七天。即1951年4月11日接替麦克阿瑟任"联合国军"总司令的李奇微说的"礼拜攻势"。第二阶段从5月16日到5月21日。"联合国军"从6月10日起，全线转入防御。

我们这些新兵被分到了连队中，我被分到了十五军四十五师一三五团二营六连一排一班。山东兵分到六连的不多。一班班长叫乔有仁，是个陕西人；副班

在第五次战役中，志愿军在炮火掩护下，突破"联合国军"在临津江的防御

长是海洪安,后调到营部当了通信班班长;排长是王福头,后来提升为副连长,再后来牺牲了。

这时候,黄继光等一帮四川兵也来了。黄继光和马万昌、高成刚、朱树明分到了我们班。他们也是从丹东一直走过来的。黄继光说,他们从中江县先到了德阳,在德阳换上军装,又走水路到了陕西宝鸡,从宝鸡乘上火车来到丹东,路上走了六天六夜。我在家时没见过南方人,四川兵说话的腔调很特别,长相跟北方人也不大一样,只觉得又新奇,又亲切。

班长召开班务会,说了一段毛主席在《为人民服务》里讲的话:"我们都是来自五湖四海,为了一个共同的革命目标,走到一起来了……我们的干部要关心每一个战士,一切革命队伍的人都要互相关心,互相爱护,互相帮助。"

黄继光这时候叫黄际广,是四川省中江县人,1931年出生,比我大四岁。他兄弟四个,排行老三。他个子不太高,也就一米六的样子,比我矮一点儿。他瘦瘦的,黑黑的,但挺结实,一双眼睛又黑又亮。黄继光是个苦孩子。他说,父亲在他很小的时候就去世了,是母亲辛辛苦苦把他们兄弟四个拉扯大的。他因家里穷,没上过学,从六七岁就光着脚下田,到山上去砍柴、割草、挖野菜，还到地主家去干活。1949年，他的家乡解放了，他积极参加农协会、民兵队，还和民兵们一起抓回了逃亡的地主，被评为模范民兵。

我去四川中江黄继光纪念馆时，当地的工作人员指着黄继光的塑像问我像不像。我说还是像的，只是黄继光那时候很瘦。（老人用手按着自己的双腮）塑像胖一点儿是为了好看、威风吧。

我和黄继光很投缘，没过几天就很熟悉了。战友嘛，本来就很亲的。

他又问我的家庭情况，我有点儿不好意思，说我出发的那天上午结的婚。他听了哈哈地笑了起来，捣了我一拳，说你这个娃儿，倒是蛮积极的嘛！有的战友就叫我新郎官儿、小女婿。还有的战友唱"母亲教儿打东洋，妻子送郎上战场"。大家一起哈哈大笑。

一名战士问我："小李子，小嫂子叫啥名字？"另一名战士立刻给他纠正："小李子比咱们小，应该叫兄弟媳妇！"大家又笑。那名战士又说："是不是叫桂花、桂英、玉兰、秀兰、香兰、兰香？"我只好老老实实地说："我还真不知道。"大家又笑了起来，说："你这小女婿当的，都不知道自己的媳妇叫啥名字！"

后来我问黄继光，你家里有对象吗？他摇摇头，说没有。他说，我家里很穷，哪能找得上对象？我说，你当了英雄，戴上军功章、大红花回去，说亲的保证挤破了门。他听了，嘿嘿地笑了。后来他又对我说，等抗美援朝胜利之后，我再回家找对象去。我是哥，你是弟弟，咱们常写信联系。

我们班共有16名战士。这时候是四四制，一个排四个班，一个连四个排，一个营四个连。我们二营有四、五、六连，还有个机炮连，连长是崔凤楼。机炮连的一排是无后坐力炮，二排是60炮（60毫米迫击炮），三排是重机枪，四排是轻机枪。六连连长叫万福来，是四十五师师部侦察排排长出身；指导员叫白万德，冯玉庆接任指导员，后来下落不明，估计牺牲了。二营营长是秦长贵，他原是十五军警卫营营长，是个团级干部，上级为了加强我们营，把他派下来当营长；教导员是申维恒；副营长兼参谋长是张广生，1952年5月黄继光给他当通信员。

教导员申维恒有一个绝活，他把右手食指放进嘴里能打很响的口哨儿。有时为了让战士们静下来听他讲话，他就打一声口哨儿。

我们住的地方下边有一条河，河不太宽，河水是从山里流出来的。夏季到了汛期，洪水下来了，有半人多深。我们平时喝的、做饭用的水，都是那条河的。洗衣服、洗澡，也到那条河边上。白天去怕敌机轰炸，就晚上去。干一天活，出了一身大汗，到河里去洗个澡，还是挺痛快的。

我们边学习，边练兵，边施工，施工主要是挖防空洞、挖战壕、修公路。当然，当兵首先要学会打枪。下了班就发枪了。班里有两支苏式冲锋枪，一支打72发子弹的发给了我，另一支打32发子弹的发给了黄继光。其他人背的都是三八式步枪，加四颗手榴弹，我和黄继光没背手榴弹。到了冬天，我找旧布、旧棉花给冲锋枪缝了个枪套，连里表扬了我，还把枪套拿到团里展览。有名战士提了个意见，说给枪的梭子也缝个套。

先练瞄准，再打实弹。战士们刻苦练习瞄准。早上起来，出了操后就练，吃了晚饭还趴在地上练，直到天黑得看不见靶子了，才从地上爬起来。班长对我们说，你们一定要练一手神枪，在战场上谁打得准谁占便宜，明白吗？我们大声说，明白！在练习瞄准时，黄继光特别刻苦认真。

我们练了十几天后，去打靶。打靶时用三八式步枪，卧姿，每人三发子弹，平均打了28环。高成刚30环，黄继光30环，我29环。我们班排名全营第一。新兵蔡登海打了27环已经算不错的了，但他打得最差。有的战士说他拖了全班的后腿，不争气，把他给说哭了。

有一天打完靶，战士们让连长万福来露一手。万连长拿过一名战士手中的三八枪，一拉枪栓，推弹上膛，连瞄都没瞄，冲靶子一勾扳机，"叭"——正中10环！全连战士嗷嗷叫着鼓起掌来。

黄继光教我学刺杀。他教我"前腿弓、后腿蹬，双手紧握枪，出枪要快、猛、狠。出枪一条直线，刺中了敌人之后，立刻把枪收回来"。他还对我说："拼刺刀时，要先下手为强，两军交战勇者胜。"这些话我都记在心里了，平时也练了好多回。后来，黄继光说他刺死过一个"联合国军"士兵。

我们学文化，学汉语拼音，唱拼音歌。部队还要求我们向解放军老兵高玉宝学习，学习他学文化的顽强精神。战士们互教互学，有文化的当老师。因要训练、修公路，没有时间像学生们一样上课，大家先学一些常用的字和词，比如：中国、人民、祖国、和平。再学写信常用的字词，比如：父亲、母亲、爷爷、奶奶、祝身体健康，还有家乡地址的写法，等等。

黄继光没上过学，不识字，我就教他。他学文化

战斗间隙，志愿军歌声、笑声不断

非常刻苦，一有时间就在纸上或者用一根树枝在地上写字，一个生字写好多遍。写完之后，再让我们看看对不对。他对我说："我得尽快脱盲，我要是会写信了，第一封就写给妈妈，让妈妈知道我在朝鲜的情况，好在家放心。"他还对我说："妈妈带着我们兄弟四个，吃了好多苦，可不容易了。我如果能活着回去，一定好好孝敬她老人家。"

我们写字用的钢笔是从部队的军人服务社买的。我和黄继光合买了一瓶蓝墨水，由他保管，平时就装在他的黄布挎包里。有一天可能是墨水瓶的盖子没拧紧，墨水洒了出来，染了挎包。他在上甘岭上冲锋堵枪眼时，就背着那个挎包。

我们还在一起学唱歌。唱的歌有《歌唱祖国》《志愿军战歌》《三大纪律八项注意》。还有几支其他的歌，至今我记得很清楚。

一支是《反对武装日本》：

反对武装日本，
日本必须走向民主，
亚洲必须走向和平。
美帝国主义要武装日本，
我们坚决不答应！

一支是《可恨歌》：

可恨那美国强盗太猖狂，
破坏和平，发动战争。
在朝鲜越过"三八线"，
飞机炸死我同胞。
我们是毛泽东的好战士，
永远站在国防最前线。
朱总司令命令我们，
充分准备好，
擦好枪，磨快刀，
开动坦克加机炮。

假如敌人来侵犯,
坚决把他消灭掉!

还有一支《嘿啦啦啦啦》:

嘿啦啦啦啦,
嘿啦啦啦啦,
天空出彩霞呀,
地上开红花呀!
中朝人民力量大,
打败了美国兵呀,
全世界人民拍手笑,
帝国主义害了怕呀!

我们还经常去外地执行任务。黄继光经常帮别人背背包、背枪。夏秋季的晚上,我们住在野外树林里,躺下后用床单裹住身子。睡着了以后,脸上被蚊虫咬得全是疙瘩,又痛又痒。下雨时,我们把雨衣套在头上,我和黄继光倚着一棵树靠在一起,抱着枪互相取暖,坐着睡觉。身子下边全是雨水。

强将手下无弱兵,在连长、排长、班长和老兵的带领下,俺们这些农村出来的青年,一个个迅速成长为本领过硬的战士。

一天，团里组织学习英语，即对敌喊话，要求每个连派一名战士去学习，回来后再教全连官兵。连首长商议了一下，说李继德脑子灵，嘴皮子也利落，让他去吧。于是我就去了。

到了团部，各连来的战士都集合在一个山坡上，一个美国兵俘虏负责教战士们说英语。那个美国兵白皮肤、黄头发、高个子，长得挺精神。他被俘后，经我们教育，愿意帮我们干事儿。一个志愿军翻译在一边给他当"助教"。第一句学的是"卡木奥"，美国兵说一句，我们跟着学一句。因发音像青蛙叫，战士们哈哈大笑。一个负责的干部训斥我们："不许笑，严肃点儿！这也是学习打仗的本领！上了战场，你喊几句，敌人投降了。我们不就减少伤亡了吗？"

对敌喊话一共五句，有"不许动""缴枪不杀""我们优待俘虏""举起手来""跟我走"。尽管英语不好学，但大家还是用半天的时间学会了。

回到连队，黄继光问我，你去团部学的什么呀，说给我听听。我俩睡觉是挨着的，晚上躺下了，我就在被窝里教他说对敌喊话。他听了，也忍着低声笑。我教了他几遍，他基本上就学会了。这时，一个老兵听见我俩嘀嘀咕咕的，就喊："黄继光，嘀咕啥？不睡觉了？"我俩才不吭声了。过了一会儿，他用手指捅了我一下，小声说："卡木奥！"我忍住笑，不敢出声。

第二天，全连集合，值班排长让我教大家说对敌喊话。我刚说了第一句"卡木奥"，战士们就笑了起来。排长说，不许笑，好好学，但随即他也笑了。我教了几遍之后，排长问，谁学会了，举手，说给大家听听。黄继光第一个举手站起来，流利地说了一遍。排长有点儿惊奇地说："行啊！"他又问我："他说得怎么样？"我说："挺好！"排长冲黄继光说了声："好，坐下！"

之后，战士们又互帮互学。好多战士记不住。农村出来的小伙子，谁学过英语啊！我就教大家用中国话的语音来记忆。大家平时练习时，就用手指着对方，用英语说，不许动！缴枪不杀！举起手来！再喊"佛罗米（跟我走）"！再一起哈哈大笑。还有学不会的战士来找我，让我再教教他们。我说，"佛罗米"你记"菠罗密"，就好记了。这样，大家把对敌喊话都学会了。这对敌喊话，上了战场，还真派上了大用场。有的战士一次就俘虏了几十个美国兵和英国兵，还有俘虏上百个的。

后来，有人把李继德在接受电视台记者采访时说的对敌喊话做成了抖音小视频。标题是"一位志愿军老兵说英语"，有好多人转发了。

我和战友黄继光

修公路和捡柴火

　　黄继光虽然没上过学，不识字，平时说话不多，但他学习和训练都非常认真。

　　平时，黄继光像大哥哥一样，对我非常照顾。那时候战友们叫阶级兄弟。我们吃的饭，主要是炒面，也吃高粱米饭，偶尔吃顿大米饭。在朝鲜两年，从来没吃过青菜，连黄豆芽也没吃过。黄继光经常把自己碗里的高粱米饭、大米饭拨给我一半。我不好意思要。他说你还不到16岁，身体还没发育成大人呢，需要补充营养。他拍拍自己的胸脯，说我早已经是个大人了。

　　黄继光喜欢吃辣椒，可在朝鲜战场上去哪儿弄辣椒啊。有时候，后勤送来一些辣椒油，炊事班就熬上一锅开水，把辣椒油倒进去，让大家喝。我吃辣不行，就盛上一碗递给黄继光喝。看他喝得美滋滋的，我心里也挺高兴。

我和黄继光都向连团支部上交了入团申请书。申请书是有文化的战友代写的，黄继光写不了，我虽上了三年学，也写不了。

我们修公路时，敌机总是来轰炸。它一来，站在山坡上的哨兵发警报，我们便到公路边隐蔽。它炸完飞走了，我们继续修公路。这些"黑老鸹"又扔炸弹，又扔燃烧弹，有时候晚上还飞来轰炸，令人憎恶。我们费了很多天，把公路修好了，它飞过来一顿狂轰滥炸，公路又全毁了。美军的飞机飞得很低，有时候连飞行员都看得见。我们的飞机没调上来，也没有高射炮部队，虽然气愤，但是拿它没有办法。敌机往公路上扔定时炸弹，炸弹只露着一半弹身和弹尾，不知道它什么时候爆炸。这时，需要工兵来排除它，也会出现工兵正排除时，它突然爆炸的情况。敌机还往公路上扔铁蒺藜，一扔一大片，是用来扎我们汽车的轮子的。

起初，上级命令我们不准用步枪、机枪打飞机，后来就允许打了。1952年秋后，我们有了高射炮，飞机也上来了，鬼子的飞机才不敢这么嚣张了。

我们驻地下边的山坡上有个小村子，住了几十户人家。村子里的青壮年男人都当兵去了，其中好多阵

志愿军积极抢修道路与桥梁

亡了,剩下的是老人、妇女和孩子。我们修路时,村里的老人和妇女也来帮忙,还烧了水送过来。他们对抗击美帝国主义侵略者的志愿军,还是很亲切的。平时村里的妇女给我们洗衣服,我们也给他们打扫院子、挑水,帮助照顾老人。我们很注意保护他们,一旦敌机来了,先掩护他们转移和隐蔽。

我们还挖河、上山砍柴。我们班的战士马万昌个子不高,身体比较瘦弱,每次轮到他干重活时,黄继光总是主动替他。黄继光对马万昌说,这个活,你可吃不消,我替你去。黄继光也替过我。

平时,扛子弹箱、手榴弹箱,从汽车上往下搬运粮食、木柴、服装，黄继光都抢着干。他还主动去站二班岗（指晚上的第二班岗）。

连队有个顺口溜：当官不当司务长，当兵不站二班岗。如果站二班岗，第一个小时一般是不能睡觉的，或只睡一会儿就要起来上岗。如果冬天有二班岗，就不能脱衣服睡觉。

1951年7月，我和黄继光还有其他几名战士被批准加入中国共产主义青年团。入团时，申请人先诉旧社会的苦，再表达入团的愿望。我的介绍人是副连长王福头，黄继光的介绍人我记不清了。

入团后，我和黄继光又向连指导员上交了入党申请书和请战书。申请书、请战书还是请战友代写的。

1951年7月10日，朝鲜战争停战谈判在中朝军队控制下的开城来凤庄举行。

战士们总是吃炒面，肚子受不了。炊事班想了个办法：晚上在朝鲜老百姓的旧民房里，把窗户挡起来，透不出火光后，再点火做饭。做饭需要烧柴火，冬季的一天，我和黄继光去村子外面捡柴火。但山坡上有一层厚厚的积雪，根本看不到柴火。黄继光说，我是山区人，我会打柴。我俩东瞅瞅，西看看，黄继光发现树林里有一棵死了的树，树上的枝条是干的，能够用来烧火。我俩用力把那棵树放倒，上前把树枝劈下来、掰下来，不一会儿就弄了一堆柴火。我俩正准备把树枝捆起来背回去，这时来了一个年轻的朝鲜大嫂，叫金英。她和几个妇女常去我们连队帮着洗衣裳、做饭，我们认识她。她也是来捡柴火的，老百姓做饭取暖也没柴烧。她比比划划地问我们，她也掰些树枝行不行，我们说怎么不行，这树本来就是你们的嘛。朝鲜大嫂掰了一大堆树枝，我们也帮她掰了一些。她把树枝捆起来，但太沉了，背不起来。黄继光上前帮她

志愿军帮助朝鲜百姓盖起新房子

背起来,她走了十几步,背不动,就放下了。黄继光说:"我帮你背回去吧!"他又对我说:"小李子,你在这儿等我一会儿,我帮大嫂把柴背回去,马上回来。你注意防空,敌机来了就赶紧躲一躲。"

黄继光和朝鲜大嫂走了之后,我又掰了一些树枝,边干活边朝天空观察,所幸敌机没来。我把两捆柴轮流往回搬。就是背上一捆,走一段路,放下,再回去背另一捆。搬了一阵子,黄继光回来了,我和他一人背了一大捆树枝回连队去了。

还有一次,我们去修公路,黄继光在连队留守。他闲不住,又去打水,又扫院子,把里里外外收拾得干干净净的。这天,我回去得早,进了院子,只见有一位阿妈妮(老大娘)在给黄继光送东西。黄继光一个劲儿地推辞,说阿妈妮,不要不要,我们有纪律,不能收老百姓的东西。阿妈妮听不懂,只说"巴立巴立(汉语:快点,快点)",把手里的东西放下就打算走。我走近了,见阿妈妮放下的是栗子,虽只有20多个,但这是朝鲜老百姓对志愿军的一片心意。当时朝鲜老百姓因为美军飞机的轰炸和南朝鲜军队的"扫荡",生活很困难,这些栗子是很珍贵的食品。我也上前对老大娘说,阿妈妮,这栗子我们不能收。

但阿妈妮摆摆手,快步出门走了。

黄继光冲我无可奈何地说:"郎格办撒?(四川话:怎么办啊?)"我说:"向班长报告,让班长来处理吧!"过了一会儿,班长带领战士们回来了。黄继光把阿妈妮送栗子的事向班长报告了。班长看看那些栗子,说,这栗子也不多,你们吃了吧。于是,我们就把那些栗子分着吃了。

背米冻伤了手脚

1951年的冬季，气温降到了零下30多摄氏度。我是北方人，抗寒能力还比较强，黄继光他们是南方人，被冻得受不了。虽然穿着棉裤、棉袄、军大衣、棉鞋，还是被冻透了。"联合国军"穿啥？皮衣、皮裤、大皮靴，戴着皮手套，晚上睡在鸭绒袋里。

这年12月，我们仍住在平岩里，那几天连着下了几场大雪，地上的积雪有半米多厚，气温低至零下39摄氏度。

这时，美军的飞机把我们的公路、桥梁全都炸坏了。工兵和铁道兵在冰天雪地里抢修公路、铁路，十分艰难。驻守在铁源的前方部队断了粮，好多战士饿得站不起来。这天下午，连部传达命令，要我们去后勤部门背米，连夜送到铁源前方阵地上。连长说，今晚去送米，没有汽车，也没有骡马，全靠我们的"11

号"。我们不大明白,什么是"11号"?临近出发时,连长在队列前做动员,讲了几句话:同志们,你们知道什么是"11号"吗?就是我们的两条腿!今天晚上,我们就是用这个"11号",把粮食送到前线阵地上!大家这才明白了什么是"11号"。

连长问:"同志们有没有信心?"

我们一起回答:"有!"

连长又问:"能不能完成这个任务?"

战士们大声回答:"能!"

指导员带着我们近百名战士出发了。因要背米,为减轻负担,都没带枪。天气严寒,我们虽穿着棉鞋,但不管用;戴着那种一个指头一个巴掌的棉手套,也不大管用。为了伪装自己,防止被敌机发现,棉袄都是反穿的。临走,司务长给每人发了一个生地蛋(土豆)当饭。到了后勤单位,每人背了一袋25公斤重的大米,深一脚,浅一脚,走了15多公里的路,送到了前方部队。途中,有的战士脚下一滑,就连人带米袋子摔倒在地上,或摔到了沟里。别的战士放下米袋子,上前把他扶起来,把米袋子放到他的背上,继续往前走。

往回走时,天黑了,只好借着雪光往前走。走到下半夜,又冷又饿又累,走不动了。想先歇一会儿吃了那个生地蛋再走,但掏出地蛋来,咬了一口,却咬不动。地蛋冻得跟铁蛋一样,连皮都啃不下来。一名战士说笑话,要是能喝上一碗俺娘煮的热糊斗(粥)就好了。大家想笑,可被冻得谁也笑不出来。有的战士就让大家把地蛋夹在胳肢窝里(腋下)暖着,待皮暖化了,再啃下点儿皮来。黄继光咬咬牙站起来,说得走,不走,就得冻死在这里了。

我们好不容易回到了连队,黄继光费了不少劲儿才脱下棉鞋。他的脚指头被冻得又紫又黑,像紫萝卜似的。几名战士忙去找柴火想烤烤火。我听卫生员讲

志愿军以土豆充饥

过防冻的知识，忙说，不能烤火，一烤手脚就坏了。我让大家用雪搓，再把脚放到雪堆里。我还给黄继光和几个战友用雪使劲地搓脚，才防止了冻伤。有不少战友被冻掉了手指头、脚指头。

在长津湖战役（1950年11月27日—12月24日）中，有一个连队晚上在雪地里趴着，准备伏击敌人，结果全被冻死了。冻死了还都握着枪，瞪着眼趴着，做准备冲锋的姿势。

背米冻伤了手脚，卫生所的军医和护士来检查了一番，开了个名单，要安排我和黄继光还有一些战士回国治伤。黄继光一听就说不行不行，我来到朝鲜还没打仗没立功呢，怎么能回国？我也说，祖国人民说我们志愿军是最可爱的人，我们回去了，怎么向全国人民交代？大家都说，我们坚决不回国！

连长说，这事我做不了主。于是向营里汇报，营里又向团部汇报。团首长经过研究，又问军医能不能在朝鲜给这些战士治好冻伤。军医说，我们没有治冻伤的药，要恢复，一是用雪来搓，二就只能靠战士们的自愈能力了。团首长犹豫了一阵子，考虑到我们走了部队也减少了兵力，下决心没让我们回国。但养伤是一项艰巨的任务，我们也希望尽快养好伤，恢复健康，早日投入战备中去。

连队找到一些之前在山坡上挖的土洞子，让我们住进去。大洞子能住五六个人，小洞子只能住两个人。我和黄继光住进了一个小洞里，我们用小铁锹在洞口堆起一道土坎，用来挡风，还找了一块旧雨布挡在洞口上。

这次背米冻伤了40多名战士，连指导员受了处分，被撤了职，来了一位新指导员，就是冯玉庆。

黄继光的脚和小腿冻伤了，走不了路。过了两天，皮肤烂了，往下掉皮和肉。黄继光疼得咬着牙直哼哟（呻吟），说："要是烂掉了脚，可就麻烦了，那还怎么行军打仗啊！'联合国军'还赖在南朝鲜，老向我们发动进攻呢。"我的双手和小臂冻伤了，手上掉了一些皮和肉，不能拿东西。当时我也一直担心双手烂掉残废了。我俩取长补短，跑腿的事我去，比如去打饭、取东西；动手的事他干，比如收拾洞子、叠被子、叠衣服。开始几天，就在洞里小便，尿到大罐头盒子里，我再去外边倒掉。黄继光要解大手（大便），我就背他到外边解决。

晚上在土洞里睡觉时，我和黄继光把一床被子铺在地上，上面盖上一床被子，两件大衣，再盖上棉袄、棉裤，两个人在一个被窝里睡，互相取暖。就这样，我俩在一个被窝里睡了一个多月。

养了一个多月，天气也渐渐地升温了。黄继光的脚和小腿上溃烂的地方长出了嫩肉芽，伤渐渐地养好了。我的双手和小臂也养好了。其他战士的冻伤也基本上好了。也许因为那时我们都年轻，生命力旺盛吧。

现在想想，黄继光当时也不是一个身经百战的英雄。他和大家都一样，是一名普普通通的战士。但他却干了一件惊天动地的大事。

新时代爱国主义教育经典读物

我与黄继光的生死约定

在进入上甘岭之前的1952年四五月份,连里见黄继光和我表现好,人也机灵,把黄继光调去给副营长兼参谋长张广生当通信员,把我调到营部当话务员。过了几天,营长秦长贵把他的警卫员王木生派到六连三排当排长去了,便让我接了王木生的班。我和黄继光既是通信员,也是警卫员。

到了营部,我们还是在一个通信班。但营首长平时分别住在几个连队里,不经常在一起,我们见面的机会并不多。黄继光跟着张广生下连队,过些天才回来,我们见面后都觉得挺亲的。黄继光的四川口音比较重,为了准确地传达上级的命令,他有时还让我给他纠正发音。当时还没有普及普通话,我尽量用北京话、河北话帮他纠正。

1952年5月,克拉克接替李奇微任"联合国军"

总司令。

我们一三五团是1952年6月进入上甘岭阵地的。在去上甘岭之前，营首长做了动员报告，说上级交给我们营一个重要任务——防守上甘岭。首长说："美军和李承晚部队一直想越过'三八线'，占领我方阵地，还吹嘘要把我们打出朝鲜。以前，我们一直在备战，打的仗不多。我们这次去上甘岭，是要跟敌人真枪真刀地干了。养兵千日，用兵一时。同志们有没有信心？"全营官兵一起高喊："有！"营首长又说："是英雄是好汉，咱们战场上比比看！"动员大会开过后，各连又开表决心会，战士们写请战书，青年写入团申请书，团员写入党申请书，党员写保证书。

然后，就开始行动了。从平岩里走到上甘岭，秘密地走了三天三夜。晚上走，白天也走，还得防着美军的飞机来轰炸。

二营指挥部设在597.9高地。这个高地在战略位置上非常重要，它在我军控制的东西战线中间，就像一个大门。它南面离汉城不到200公里，离板门店最多100多公里，离"三八线"不过七八十公里。控制了上甘岭就控制了方圆200公里的军事区域。

我们接替之前的防守部队，进入了坑道。六连连长万福来带领六连坚守597.9高地，五连连长刘湖平带领五连坚守537.7高地北山。师部总机话务员是田光海，团部总机话务员是赵水城，二营营部话务员是任继文、海洪安和我。进入坑道后，连队组织战士们开展诉苦活动，写决心书、请战书。

  坑道是上一个防守部队挖的。我们住下后，把原来的坑道再挖深一些，或加加固。坑道是朝鲜战场上的一个创举，一个奇迹，也是让美军的飞机大炮给逼出来的。当时都说坑道是韩先楚（志愿军副司令员、第十九兵团司令员）发明的。坑道挖在几米、十几米，甚至几十米的地下，无论敌机、敌炮怎么轰炸，我们躲在里面都没事儿。敌机、敌炮轰炸完了，敌人总得过来吧，那时我们再钻出去打他们。不过，有的坑道

志愿军修筑坑道

被敌人破坏了，也有的坑道被敌人扔进毒气弹，把战士们毒死了。

我没挖过坑道，但见过。挖坑道时，如果是土，用洋镐、铁锹挖就行。但如果是在山里挖，都是石头，就用大锤、钢钎打上炮眼，装上炸药炸。石头炸松了，装在手榴弹箱子里，用背包带拖到外面。那时候，没有小推车一类的运输工具，挖坑道的活是很苦的。

到了上甘岭，我们的生活就好多了。有国内运来的牛肉罐头，有饼干，有一种用盒子装的鸡蛋粉，每个盒子里边有50个鸡蛋，还有四川腊肉。四川腊肉是风干的，放的时间久了也不坏。还是没有青菜。

我们还吃过部队缴获的美国罐头，有猪肉的、牛肉的、驴肉的，也吃过面包，喝过牛奶。有的老兵说，解放战争时，蒋介石这个"运输大队长"给我们送了不少美国的枪炮弹药；在这里，这美国鬼子"运输大队长"又给我们送来了吃的、喝的。只是，有时候我们打垮了他们，他们逃走后，扔下了许多大炮、坦克，我们不会开也弄不走，都让美军飞机给炸毁了。很是可惜。

上甘岭坑道里没有电，只有营长看地图和沙盘时才点上蜡烛或煤油灯。蜡烛和煤油也不多，平时尽量节约，省着到打仗的时候用。小便就尿到桶里，趁敌机不来的时候倒在外边。大便多数是趁敌机不来、敌人不打炮的时候，到外边抓紧时间解决，再尽快跑回来。要是敌人封锁了坑道，大小便就只能解在坑道的一个坑里。尽管盖上些土，但味儿还是很大。打仗嘛，这没有办法。在这里，我还跟首长学了两句诗"青山处处埋忠骨，何须马革裹尸还"。开始不知道是啥意思，首长解释了一番，我才懂了。

在朝鲜，我们听说祖国的慰问团来了，也听说有著名京剧演员、相声演员、歌唱家为部队慰问演出。我们也想见见祖国的亲人，但一直没有见到，也没看到过本部队文工队来演节目。我们连队为活跃文化生活，自编自演过一些小节目。连队的联欢会上，有的唱家乡民歌，有的唱地方戏。我参加了一个抓美国兵俘虏的小节目，在里边演志愿军战士。在这个小节目里，我学的对敌喊话就用上了。我对那个演美国兵的战士大声说："卡木奥！缴枪不杀！举起手来！佛罗米！"战士们看得哈哈大笑。

我在朝鲜只看过一场电影。7月的一天，电影队来597.9高地的坑道，放映了苏联电影《普通一兵》，营部、连部20多个人观看。这部电影在坑道里放了三场，我和黄继光因有任务，只看了一场。电影中，那个在苏联卫国战争中，用身体堵枪眼的苏联红军战士马特洛索夫（的英勇行为），让我们热血沸腾。电影放完之后，黄继光把我叫到一边，问："小李子，看了电影，你有啥子想法？"我说："那名苏联红军战士真勇敢！"

黄继光神色严肃地说："在战场上，如果我遇到敌人封锁前进道路的情况，我也会像马特洛索夫一样冲上去堵枪眼！"

我听了他的话很激动，说："我也会的！"说着，我的双手和黄继光的双手就紧紧地握在了一起。

黄继光又对我说："小李子，我跟你约好了。如果我牺牲了，你给我家写信。抗美援朝胜利后，要是有机会，你到我家去看看我母亲，好不好？"

我说："好！如果我牺牲了，你给我家写信。"

黄继光说："好！"

我又说："你对我这么好，我一辈子都不会忘了你的。希望咱们两个都不牺牲。咱们回国后，一起参加祖国的建设。最好是咱们先去上几年学，多学点儿文化。我已经结婚了，你还没有对象。你回国后，找个好姑娘，成个家，给大娘大爷（指黄继光的父母）生几个孙子、孙女。"

这就是我们的生死约定。

X 新时代爱国主义教育经典读物

机灵的通信员

笔者问,有资料上说,这期间黄继光立了一次三等功,你有印象吗?

我想了想,说没有印象。记得修公路时,马万昌立了三等功,大家很羡慕,为他高兴,向他表示祝贺。过去60多年了,黄继光立三等功这事儿,我想不起来了。

这时,我这个通

李继德在回忆往事　马卫国　摄

信员有三个特长。一是眼,练出了一双夜猫子眼(老人现在不戴花镜还能看清书上、报纸上的五号字)。晚上外出送信,天再黑我也能看清路。没有路,我爬坡下沟,也保证能尽快找到要去的连队。上甘岭的每一个山头,每一道沟沟坎坎,我都非常熟悉。不说闭着眼也能找到,反正是没出过一次差错。二是腿,我这两条腿,能跑路,还跑得很快。去送信,都是快去快回。回来后,坐在一边,虽眯着眼,像睡着了,但首长一声命令,立刻站起来,领了任务就走。我的这个本事,在家时就练出来了。在农村,都是两条腿走路。那时候哪有车啊,连小推车也没有。三是脑子,我的记忆力很强。开始送信,是送首长写的纸条,送到把守阵地或坑道的连队和排,连、排首长写了收条,再拿回来汇报。后来,仗打的急了,营首长来不及写纸条,就口头转达给我,我再去口头转达给连里的首长,一次也没转达错过。营里有两台步话机,一台在营部;一台在前沿阵地上,由副营长张广生掌握。我还学会了代替话务员接打电话,学会了看沙盘、地图。所以,战友们说我是夜猫子眼、兔子腿、猴脑子,副连长王福头说我是草上飞,意思是我比较机灵能干吧。

老人的记忆力真是非常好,过去了60多年的事情、时间、地点、人物的名字,都记得十分清楚。

平时,营长还让我把手枪、步枪、冲锋枪一支支拆卸开,把零件摆在一块旧布上,再迅速地一支支安装起来。他对我说,当兵,要学会多种本领。这些本领,上了战场用得着的。

到营里当了通信员,我就不背冲锋枪了,而是换成了一支手枪。那支枪很漂亮,能装六发子弹。很可惜的是我没能用那支手枪打死一个敌人。只是经营长同意,我试打了一次。结果打了一发之后,手指还在扳机上,又勾了两下,后两发"乓乓"打的就没有目标了。气得营长骂我,你这个笨小子!我负伤后,战友们把我那支枪也交上去了,至今我还挺想那支枪的。

黄继光当了通信员,仍背着他那支冲锋枪。

这期间,美国鬼子的运输机经常在晚上飞过来,在上甘岭上空转来转去,对我们进行"策反"宣传。他们把高音喇叭挂在飞机肚子上,对我们播放录音,是一个女子娇滴滴的声音:同志们,兄弟们,志愿军官兵们,你们远离家乡,在这里用的都是破枪破炮,没有吃的,没有水喝,年纪轻轻的,死了、伤了这么多人,太不值了!快放下武器,别给朝鲜人卖命了!快回家吧!你们的父母、妻子、儿女还等着你们呢!

你们根本战胜不了世界上一流的美国军队，再不撤退，就要全部阵亡了，连尸体也找不到了。

广播还说：同志们，兄弟们，你们快投降吧！快投诚吧！你们投诚之后，我们送你们到日本、美国、英国去上大学，接受世界上最好的教育。你们还可以住上最漂亮的房子，开上最高级的轿车，娶上最漂亮的外国女人当老婆。

他们开始广播时，我们的战士骂他们"放屁"，说这敌机不只会"下蛋（扔炸弹）"，还会"放屁"。时间一长就不搭理他们了。

美军不但搞"策反"广播，还撒传单、糖果、饼干，以及一些假人民币。目的也是策动我们放下武器，开小差，当逃兵。部队规定，战士们捡了传单不准看，带回来集中烧掉。有的战士想用传单擦屁股，班长说，这些传单上别再有毒和细菌，大家就把传单、假币都烧掉了。我们担心那些糖果、饼干上边也有毒，都不敢吃。

志愿军战士的意志是钢铁铸成的，美军的这些心理战术对我们一点儿用也没有。我们常说一句话，叫："少给老子来这一套！"

炮火连天上甘岭

我们驻守的前三个月没有战事，到了9月份，气氛就紧张了起来。敌人为了争夺上甘岭，付出了很大代价。上甘岭战役是从10月14日开始的，美军是从这天开始大规模进攻的。每天早晨7点到8点，飞机排着一群一群地投弹轰炸。飞机炸弹不是落到地上爆炸，而是在距离地面一米时爆炸，杀伤力是很大的。从8点到9点，24管火箭炮从上到下排着轰炸，把上甘岭上的土都翻了好几遍。然后飞机又飞过来扔汽油弹、燃烧弹，把上甘岭烧成一片火海，连石头都烧成了粉末。这还没有结束，接着再打毒气弹，红的、绿的、黄的，打得上甘岭上一片浓浓的烟雾，什么也看不见。毒气消散了，敌人以为志愿军都被炸没了、毒死了，这才在坦克的掩护下向山上冲锋。但他们没想到，我们又从坑道里钻了出来，冲他们一阵子扫射。

上甘岭阵地一角

一天能打退他们的几十次冲锋,阵地前面的山坡上横七竖八地躺着好多尸体。

美军处理战死士兵的尸体也不像他们在广播里、报纸上说的那么讲人道主义。没死的官兵撤退以后,会打过来好多汽油弹,把那些士兵的尸体全部火化。有些重伤员爬不动,也被一块儿烧掉了。

有一次,我在送信途中发现一名送食品的战士被敌人的炮弹炸死了,躺在山坡上。他身边的一个帆布背包中装了20多个牛肉罐头。我把这名牺牲的战友拖到一块大石头旁,防止敌机轰炸时再炸到他。因太饿了,我拿出一个罐头在石头上摔开,先吃了下去。然后背上那一兜罐头,回到坑道里交给了战友们,又汇报了那名战士牺牲的情况。营首长派了两名战士,去掩埋了他。

我又去送信时,在路上发现一名背水的战士倒在山坡上,浑身是血。他是被敌机打死的,身上还背着七八个水壶。我把他拖到一个土坡下边,把水壶取下来,然后背回了坑道,解决了战士们很大的问题。连长听了我的报告,派了两名战士掩埋了那名牺牲的战士。

我们的水源是五圣山后边的一条小河。那河里的水是从山里流出来的,水不大,却是我们的救命水。有时把水舀得见了底,过一阵子它又会冒上来。我们去那里取水时,敌人就打我们,好多取水的战士牺牲在了河边上。我们班里的朱树明平时脑子反应慢一点儿,班里安排他去背水,他去了好多次,也躲过了敌机的多次扫射。但最后他还是牺牲在那条小河边。

敌人也去河边取水,我们也打他们。

我再给你讲一个打坦克的故事。

上甘岭战役开始后四五天,每天早饭后,"联合国军"的十辆82吨美式坦克总会开过来,停在山脚下,冲着我们的阵地"咣咣咣"一阵猛射,把我们的工事炸得七零八落。虽然坦克开过来时我们都已进了山洞，但他这么个炸法，对我们的威胁很大。我们也用60炮打过坦克，但没有效果。

这时，三排长王木生站了出来，向营长、连长请战，说自己去干掉一个"王八壳子"。营长、连长听了他的行动计划，同意了。王木生排长在夜间带上几颗手榴弹，悄悄前往坦克往返的路边，挖了个洞，盖上草，躲进了洞里。第二天早饭后，十辆坦克又耀武扬威、轰轰隆隆地开过来了。王排长等它们停下来准备开炮时，突然从洞里爬出来，迅速爬上最后边的那辆坦克，把手榴弹从炮塔口扔进了坦克肚子里。这辆坦克顿时着了火，无法运转了。王排长赶紧跳下坦克，钻进洞里躲了起来。

这时候，另外九辆坦克因为最后边的那一辆坏坦克堵着路回不去了，它们朝我方阵地打了一阵子炮，都停在了原地。

我们都以为王排长牺牲了。到了傍晚，营首长让我通知观察所，如果西南角来了人不要开枪。又过了一阵子，天黑了，从西南方向先升起了一颗红色信号弹，接着又升起了一颗白色信号弹。这是王排长临走时跟营、连首长约定的。随后从山坡下边上来了一个人。哨兵问:"口令?"对方答:"北京!"原来是王排长回来了。大家十分高兴,都喊着给王排长请功,还叫他炸"大乌龟"的英雄。

那九辆坦克里的敌兵,到了傍晚都爬出来打算步行回他们的驻地。营长挽挽袖子,当机立断,派了三个爆破小组,带上手雷、炸药包,每个小组干三辆坦克,把它们的履带全炸断了,油箱被炸得起了火。

王排长还干过一件很漂亮的事。我们的电话线有黄豆粒那么粗,一拐子100米,断了不好接。美国鬼子科技先进,电话线只有绿豆粒那么粗,一拐子有500米。王排长对连长说,我去搞它一家伙。连长同意了。王排长带上电话兵于长安和另外一名战士,这天晚上就出发了。他们悄悄地来到敌人阵地附近,剪了好几捆电话线回来,我们直接就用上了。战士们都称王排长为"王大胆"。

后来,王排长在战斗中牺牲了。

敌人进攻时,部队在坑道里是很苦的。因为吃的、喝的和弹药全靠运输队送上来,敌人一封锁阵地,运输队送不上来了,部队就得节约着吃喝。有时断了水、断了粮,不少战士只能喝自己的尿。因不喝水,后来连尿都没有了。还有的伤员送不出去,得不到救治,就牺牲在坑道里了。那些天，光运输队伤亡人员就有1200多人。

本来，营部、团部和各营、各连队联系是用有线电话的。但因敌人一天轰炸好多次，电话线很快就被炸断了。这时，就需要电话兵去查线、接线。在查线、接线的过程中，不少电话兵被炸死、打死了。我亲眼见到安徽兵于长安在一个山坡上被炮弹炸死，他的身上全是血，手里还紧紧地攥着电话线。电话线被炸断后，一时接不上，这时候就要通信员去送信传达命令。我去送信时，也是趁着敌人轰炸的间隙，巧妙地利用地形、地物掩护自己，才没被炸死。黄继光和我们这些通信员，平时也经常交流在送信时怎么能又快又安全地把信送到。

比方说，敌人打了毒气弹，如果是顺风，就躲在石头或山坡后边，等毒气散了再过去。毒气也不是一会儿就散了的。如果是逆风，那就别过去了。冲进去人就完了。

敌人在战场上放毒气，是违背国际法的。但他们打不过我们就使阴招儿。他们不只打毒气弹，还放细菌弹。放细菌弹，也是违背国际法的。我们不少官兵被毒气弹、细菌弹杀害了。

虽说敌人轰炸得厉害,但我们也没饶了他们。部队先派出几个侦察兵,去敌人的阵地前侦察了好几次,摸清了敌人的兵力和部署情况。在黄继光牺牲的前两天,也就是10月18日,我们的喀秋莎火箭炮营上来了。喀秋莎炮是苏联支援我们的,一门炮上有16发火箭炮弹,一按发射按钮,炮弹可以一齐发射。喀秋莎炮营悄悄地开到五圣山后边隐蔽起来,摆开阵势,指挥员一声令下,几十门喀秋莎炮一起开火,冲着美军阵地"咣咣咣咣"一顿轰炸,把敌人阵地炸成了一片火海。这太过瘾了!营首长说,这回呀,让美国佬也尝尝挨炸的滋味儿!后来,美军说我们发射了小型原子弹。据说炸死了他们700多人。

我和战友黄继光

黄继光堵枪眼，惊天地泣鬼神

黄继光牺牲的这天是 1952 年 10 月 20 日（也有资料记述是 10 月 18 日和 10 月 19 日凌晨）。这天一大早，美军就发动了猛烈的攻击，飞机先来轰炸，然后 24 管的炮又炸了一遍，再放烟幕弹、毒气弹，接着他们就开始进攻了。

开始是六连守阵地，虽然打退了敌人的多次冲锋，但伤亡很大。营里又调四连上去，打退敌人的多次冲锋，伤亡也很大。

敌人调来一个营的兵力集中冲锋，把八连逼进了坑道里，在上午 11 点多的时候占领了 597.9 高地，封锁了八连的坑道口。然后，敌人赶紧在交通沟的沟口上修起了一座碉堡。

碉堡位于我方阵地的东南方向，是敌军占了阵地，在中午的时候，用麻袋装了石子和土搭起来的。

坚守在上甘岭阵地上的志愿军向敌人射击

碉堡上边用木头盖顶，铺上草，再压上一些土；下边连着一条交通沟，其中藏着敌人，给碉堡中的两挺机枪提供子弹。碉堡的射击孔有20多厘米高、40多厘米宽，离外边的地面有半米多高，从里边伸出机枪往外射击。碉堡的前边一直延伸到我方阵地，是一片100多米的开阔地。碉堡的右边（从我方的方向看）是一道高高的山崖，左边是一道深深的山沟。从左右两边都过不去，无法从侧面把这个火力点打掉。当时营里也没有无后坐力炮、火箭筒一类打碉堡的武器，没法远距离地摧毁它。只好在机枪的掩护下，由战士们冲上去炸毁它。但我们的机枪对敌人的机枪形成不了压制和威胁。敌堡的射击孔位置比较低，也比较小，我们的机枪子弹打不到里面去。

我们的指挥部里，有营长秦长贵、教导员申维恒；六连连长万福来、指导员冯玉庆。

已经冲上去几个组了，但这几个组的战士都牺牲了。敌人的照明弹把碉堡前的开阔地照得很亮，一旦有攻击小组出击，敌堡中的机枪就开火。开阔地上已倒下了十几名战士。

在坑道指挥部里，我听到步话机中不断地传来上级的命令。

军长秦基伟听了报告着急了，给四十五师师长崔建功下令：597.9高地，一寸土地也不能丢！师长崔建功下令：部队只能前进不能后退！命令一级一级往下传，一直传到我们二营。从师到连，一级压一级，副师长到了一三五团团部，副团长到了二营营部，副营长兼参谋长张广生带着黄继光来到了六连连部。营、连首长紧急商议尽快摧毁敌人这个火力点，重新夺回阵地的方法。

大概晚上8点到10点，黄继光站了出来，对营长秦长贵说："营长，我去！"

接着，六连连长万福来的通信员吴三羊也说："我去！"

教导员申维恒的通信员肖登良说："我也去！"

营长秦长贵大喊了一声，说："好！你们三人为一个战斗小组，由黄继光任组长，马上出发！"他又命令机枪手："机枪掩护！"

这三名战士中，黄继光、吴三羊，我是很熟悉的，只有肖登良不熟悉，他可能是临时从连队里抽调上来的。当时我不知道他的名字，是后来才知道的。三个人每人拿了一个苏式的大手雷，不是图画上画的炸药包；穿的都是单衣，戴着单帽，不是图画上画的穿着棉衣，戴着栽绒棉帽。

黄继光背了一支带刺锥的步枪和一个黄挎包（挎包上有染上的蓝墨水），腰间扎了一条皮带。他们三个人出发后，右手拿手雷，左手和小臂撑在地上匍匐前进。开始行进得还比较顺利，但又行进了三四十米，也就是离敌堡还有四五十米时，敌人的机枪一个劲儿扫射，吴三羊、肖登良就中弹倒下了。这时，敌人的照明弹不住地往天上打，把这一片开阔地照得很亮。黄继光又往前冲了十几米，在离碉堡还有20多米时，也中弹倒下了。我看到，他的背上有很多鲜血。营长秦长贵把拳头往前边的土坡上狠狠地一砸，大叫了一声，哎呀！我就想，该我上了。刚才我就在琢磨黄继光他们前进的路线，思考从哪里往上冲既能隐蔽自己不被敌人的子弹射中，又能尽快地接近敌人的碉堡。过了十几秒钟，只见黄继光趴在那里，双手在身子前边动了一下，原来是他把手雷把上的盖子拧开了。又把手雷的弦一拉，

黄继光全军挂像英模画像

右手用力在地上一撑，身子随即站了起来，在敌人的机枪扫射中往前猛扑过去。扑到敌堡前，左手把手雷从射击孔塞了进去，并用胸膛堵住了两挺冒着火舌的机枪。

手榴弹拉了弦之后要过四秒才爆炸；手雷比手榴弹引爆的时间短，大概两秒钟。黄继光显然是算好了手雷的引爆时间，和在生命的最后一刻拼尽全力冲到敌堡射击孔前的距离，才做出了这个重要的决定。

手雷"轰"的一声爆炸了，地堡顶上升起了一团烟雾，敌堡中两挺机枪顿时哑了。营长秦长贵一看，大喊了一声："司号员，吹冲锋号！"冲锋号响了，战士们一跃而上，冲出了工事。八连这时也从坑道里冲了出来，几股队伍一起冲杀，快速来到敌人占领的交通沟上，冲沟中的敌人一顿扫射，打死、打伤了许多敌人，重新占领了阵地。

我没有看到黄继光的遗体。部队刚占领了阵地，营长秦长贵就派我去运输队，给五连送弹药去了。第二天听战友们说，战斗结束后，几名战士把黄继光从敌堡前抬下来，他的前胸、后背全被子弹打烂了，身上全是鲜血。敌人这个碉堡，从垒起来到被黄继光炸毁，一共也就六七个小时。

在这次战斗中，吴三羊中弹牺牲。肖登良负了重伤，经送回国内治疗，恢复了健康。1963年转业回中江县，到供销社工作。2007年病故，终年76岁。

黄继光牺牲的这天，正好是中国人民志愿军抗美援朝出国作战两周年。中国人民志愿军抗美援朝出国作战纪念日是10月25日，即志愿军出国后打的第一个胜仗的日子。

据有关媒体报道：驻在五圣山的四十五师急救所卫生员王清珍（电影《上甘岭》中女卫生员王兰的原型之一）回忆，她曾参与战后处理黄继光遗体的工作。在这之前，王清珍是知道黄继光的。

"战士们平时都喜欢叫他小黄。他是四川兵，圆圆脸，个不高。""其实他叫黄际广。当时部队里四川兵很多，因为口音的原因，叫着叫着，就叫成黄继光了。""这天，从前线背下来一名牺牲的战士，说是黄继光。""他一只手高，一只手低，当时抓碉堡的形态没有变。全身都是伤。腿断了，胸膛被打穿了，前面全是枪眼，背后是个大洞。血流干了，衣服和血肉冻在一块儿，所以姿态没有变。""还是圆圆的脸，就是黑黑的了。"

黄继光左肩挎着挎包，右肩挎着弹孔斑斑的水壶和手电筒。由于血干的时间过长，加上天气寒冷，血衣紧紧地粘在身上无法脱掉。于是卫生员们先将他脸上的血迹洗干净，然后用温水把血衣浸软，使衣服离开皮肤，王清珍再用剪刀一块块剪下来。一位战地军事记者听说这位烈士是黄继光，就让卫生员们把他扶起来拍照。后来，这位记者在上甘岭战斗中也牺牲了。

在给黄继光的遗体穿新军装时，他那高高举起的双臂僵硬得怎么也放不下来。几个卫生员一商量，就用铁丝吊着四五个小汽油桶烧水，用烫热的毛巾热敷身体，直到热敷得身体软和了，四肢恢复原状了，才给他穿上一身干净的军装，然后把他送到后方准备安葬。

对于人们说王清珍是《上甘岭》中女卫生员王兰的原型这件事，她说，上甘岭上女卫生员有好多啊，大家都是王兰的原型，大家都做了好多工作。

笔者查阅有关资料：起初部队给黄继光记的是特等功，授予二级英雄称号。公布后，有的官兵有意见，就给志愿军总部写信反映。到了1953年6月1日，中国人民志愿军第三兵团发布记功命令（功字第五号）：

经志愿军政治部四月八日与二十三日批准：在上甘岭战役中创有特殊功勋、对作战胜利起有决定作用、堪为全军榜样与旗帜的黄继光等五同志改记特等功或改授英雄称号,希我军全体同志以他们为榜样,加强学习,提高觉悟,提高战术技术,为完成上级党交给的一切任务、争取更大的光荣而努力。

十五军:四十五师一三五团二营营部通信员特等功二级英雄黄继光改授特级英雄称号。

另外四名英雄战士也改授了英雄称号。

和美国兵拼刺刀

从10月14日上甘岭战役爆发以来,我就没睡过觉。实在太困了,我坐在手榴弹箱子上,背靠着坑道墙小睡一会儿。同时耳朵一直听着首长说话,一旦首长叫我,我立刻就站起来去执行任务。营首长和指挥部的人员,也都是几天几夜没有合眼,每个人的眼睛里都布满了血丝,嘴上起了泡,干的裂了血口子。

本来营部和六连是用电话联系的,因电话线被美军的飞机和大炮炸断了,电话就不通了。黄继光牺牲后过了三天(即10月23日),营里派三名通信员到597.9高地送信,三人都没回来,估计都牺牲了。到了下午三点多,秦营长急了,大喊一声:"李继德!"我正坐在一个手榴弹箱子上,立刻应了一声:"到!"猛地站了起来。秦营长说:"小李子,你去六连送信,让他们再坚持五个小时。"我说:"是!"刚要走,教导员申维恒说:"小李子,你一定要给我活着回来!"我立正答道:"是!"

别人去送信,都是匍匐前进,我胆子大,寻找机会,一路跑着去。一路上,没碰上敌人,也没碰上敌机轰炸和敌人打炮。要是敌人打过来一连串炮弹,我也就粉身碎骨了。只用了五六分钟,我就跑

志愿军坚守阵地

进了六连的坑道，向我的老指导员冯玉庆敬礼，传达营长的命令："营长命令你们，再坚持五个小时！"冯玉庆满身满脸是灰土，双眼通红，声音都是嘶哑的。他说："好！可是连队伤亡太大了。你原来在的一班，班长乔有仁和战士们，大多数都牺牲了。连队现在弹药也打光了，炒面也吃光了，水也没有了。战士们都喝尿了，可不喝水，尿也没有多少啊！但是，你回去向营长汇报，我们只要剩下一个人，阵地就在！一定再坚持五个小时！"

我看到有的战士在阵地上寻找弹药，还有的战士冒着生命危险去工事下边寻找敌人丢下的枪和子弹。我向冯玉庆敬了礼，转身返回营部。

我出坑道刚走了不远，正碰上我们守阵地的一个排，也就20多名战士，从坑道里出来，正在跟敌人拼刺刀。"联合国军"的兵力有一个连，100多人，从山下往上攻，已经攻上来了，黑压压的一大片。因离得太近了，我们的战士站在高处刺他们，很占优势。"联合国军"的士兵，虽然人高马大，但拼刺刀远不是志愿军的对手。对他们来讲，生命是最重要的。另外他们穿着呢子军装、大皮靴，从山下上来已经是气喘吁吁的了。还有一个原因，他们使用的是卡宾枪，枪上没有刺刀。虽然被我们刺死、刺伤了不少人，但他们的人太多了，好几个人围攻我们一个人。地上也躺着几名我们牺牲的战士。我一看，我不能走，到了朝鲜，我还没打死一个敌人呢，我得干掉一个敌人，立个功。于是，我从地上捡起一支带刺锥的步枪，大喊了一声："救兵到！"又大喊了一声："杀！"也冲了上去，边冲还边用英语喊话：缴枪不杀，我们优待俘虏！

　　我先碰上的是一个大个子美国兵，穿着一件黄呢子大衣，黄头发、黄眼珠、大鼻子，脸很黑。这是我入朝以来第一次这么近距离地遭遇美国兵。要问我害怕不害怕，说实话，我倒是没害怕，但紧张是有一点儿的，不过那时也顾不上了。我站在战壕边，冲他的肋部就是一刺锥。这刺锥20多厘米长，上边还有槽，刺中了能进空气，一进空气，人就完了。我一猛地拔出刺锥，这个大个子兵就倒了下去。我太兴奋了，这是我入朝以来打死的第一个敌人。这时，又上来一个敌人，也是黄头发、黄眼珠，不知他是哪国人。没等他反应过来，我又跳起来，大喊了一声："杀！"一刺锥刺中了他的小肚子。这个兵顿时也倒了下去，但没有死，一双黄眼珠还冲我"忽得忽得（眨巴眨巴）"的。我朝他的肚子又刺了一刺锥，这个家伙就完蛋了。

我更兴奋了，大喊着："卡木奥，缴枪不杀！"正要再冲上去刺一个，只见离我十几米远的地方有一个美国兵举枪冲我瞄准。我离他比较远，刺不到他。就在犹豫的一瞬间，远处的那个美国兵开了枪。我突然觉得左边腰下方一阵麻木，原来是中了三发子弹，子弹接着从腹部右前方打了出来，在我的肚子上打了六个洞。我顿时站不住了，眼前金星乱冒，觉得天旋地转，一下子就歪倒了。

敌人是用一种美式小自动步枪打的我，这种枪的子弹头比较小。如果是大子弹的枪或者卡宾枪，伤口会比较大，我的命也就没有了。

我倒下后很快就昏迷了。事后才知道，战友们解决了那一部分敌人之后，把浑身是血的我和其他受伤的战友送到了五圣山四十五师卫生所。我苏醒过来时，见自己躺在山洞的地上，卫生员王清珍在给我处理伤口。我以前去卫生所送信时见过王清珍几次，跟她比较熟悉。这时她认出我来了，说："小李子，你也负伤了？"多亏她给我的伤口消了毒，把外边的肠子塞进肚子里，再给伤口上了药，用绷带包扎起来，不然我就没命了。

卫生所的领导对我们说："同志们，坚强一些，再坚持一下，我们一定尽快把你们送回国内治疗。"

我们这些伤员，伤口虽然很痛，但没有一个叫疼和哭鼻子的。那时候有个口号，叫"轻伤不下火线，重伤不流泪"。还有个说法是"重伤不叫苦"。

我问王清珍："我得'光荣'了吧？"

王清珍朝我摆摆手，示意我别说话。

我想，自己才17岁，要是"光荣"了有点儿太早了。

过了一会儿，我又昏过去了。

到我负伤，在上甘岭我们已牺牲了8000多人。

王清珍，14岁从贵州参军，被分配当卫生员。刚到部队就奉命开往前线。碰上敌机轰炸、敌人打炮，她小小的年纪还不知道害怕，只是认真学习医疗技术，跟着部队长途行军。上甘岭战役打响后，她所在的四十五师急救所在五圣山后边，离上甘岭不远。一个坑道能容纳十几个人，地上放着木板，伤员抬进来就放在木板上，由医护人员处理。伤员的手受了伤，自己不能吃饭，王清珍就用勺子喂他们；有的伤员头上、脸上受了伤，缠着绷带，无法嚼东西，王清珍就

志愿军女护士在战场上为伤员包扎伤口

把饭嚼碎了,像喂孩子一样,口对口地喂给他们。有时饭被伤员们吃完了,王清珍和医护人员就忍着饿,继续工作。

王清珍有一个事迹在全军非常有名。原十五军军长,后任国防部部长、原北京军区司令员的秦基伟,在他的回忆录中记述了这样一件事:在上甘岭战役中,一位排长腹部受了重伤,被送到四十五师急救所后,自己用罐头盒小便,怎么解也解不出来,憋得非常痛苦。王清珍见状,用手摸摸他的腹部,感到腹部胀得很大、很硬。这种情况,如果不及时把尿导出来,病人很容易发展为尿毒症,还会导致膀胱破裂,危及生命。她找来导尿管给排长插入尿道,但排长还是排不出来,当时根本没有吸尿的器械。王清珍就俯下身用口含住导尿管,用力吸了几次,终于把尿吸了出来。王清珍参与救治了近千名伤员,后来部队为她立二等功,授予二级战士荣誉称号。

2020年7月,中央电视台请李继德去北京录制纪念中国人民志愿军抗美援朝出国作战70周年的节目,记者接通了住在湖北的王清珍的电话,让李继德和她通了电话。他们互相问好,又互相祝身体健康。

回到祖国怀抱

卫生所的医疗条件有限,不能给伤员们做手术,而且上甘岭还在打仗,炮火连天的,于是上级决定把我们转移回国内治疗。医生、护士把我们一个一个地抬到停在山坡下边的卡车车厢里。这些卡车是来送物资的,返回时就拉伤员了。我不能坐,只能躺在车厢底板上。卫生所领导对司机说,小伙子们开得稳一点儿,如果车太颠簸了,伤员们受不了。因要躲避敌机轰炸,运送我们这些伤病员的卡车,时开时停,主要是晚上行驶。汽车跑了一夜,到朝鲜的阳德火车站时,伤员中已有十几个因伤情过重牺牲了。战士们把我和其他伤员抬上了闷罐车,我和一些伤重的战士还是躺在车厢底板上。

白天火车开进山洞里躲着,晚上再出来跑。在火车上的这一天一夜,我迷迷糊糊的,基本上没吃东西没喝水。车上没有医护人员，到吉林省集安火车站时，我已经奄奄一息了。可到了集安就安全啦，这里是中国了。战士们把我们从闷罐车上抬到了客运火车上。这里有医生了，医护人员赶紧安排我们喝热水，炊事员送来了大米饭、白菜炖豆腐、菜包子。医生说我还不能吃这些饭，要吃流食，一天吃四顿。伤病员们吃着热饭，喝着热汤，泪流了下来，说还是祖国亲啊！

在集安休息了两天，火车把我们送到通化的一所医院。进了医院，医生先给我们检查病情、伤情，护士给我们打针，安排吃药。然后换药，帮我们洗了澡，换了病号服。我们刚回国时，衣服脏得不像样子，上边还让毒气弹熏过，脸也好多天没洗，像个讨饭的似的。洗了澡，换了衣服，互相看看，像个人样儿了。但在通化的医院，医生给我们做不了手术。在通化住了两天，又送我们上了火车，前往驻在黑龙江庆安县的二十五军陆军医院一分院。

在庆安陆军医院治伤的日子

火车车厢是改造过了的,里边全是病床,我们就躺在病床上。从通化到庆安,有700多公里,火车跑了一天一夜才到。在庆安县,环境更安定一些,医疗条件也更好一些。医院里还有黄头发、白皮肤的苏联专家医生,他们身后跟着俄语翻译。苏联医生查看了我的伤口,说必须立刻动手术。一位杨军医给他当助手。杨军医问我,你是全麻还是局麻?我听不懂,杨军医便给我解释,说全麻做手术时你什么都不知道了;局麻呢,你脑子还清醒,但挺疼。我想,全麻可别睡过去了醒不了了,再是别把脑子麻坏了,就说局麻吧。苏联医生切开了我的肚子,把里边的肠子几乎全掏了出来,放在一个白搪瓷盆里,剪去让子弹打坏了的肠子,把阑尾也切了。然后给肠子消了毒,接起来,再放回肚子里,把刀口缝上。当时的阑尾炎手术是挺复杂的手术。

手术时，伤口的确挺疼，但我咬紧牙关忍着、坚持着，全身出了好多汗。我想，那些断了腿、断了胳膊的战友，人家都能忍得住，我这肚子开刀还能忍不住？

手术做完后，杨军医说，你的伤不轻，要树立信心，战胜伤病，不要太绝望，但也要做好思想准备。他的意思是要我做好"光荣"的思想准备。这时我想，反正我在战场上已经打死两个敌人了，我死了，还赚了一个；再说，我已经回到祖国、看到祖国了，"光荣"在祖国，我也安心了。倒没怎么悲观。

杨军医还说，即使我能活下来，生活也不一定能自理。

因肠子被打坏，我的肚子胀得很大，还时常绞痛，大便也很困难。有时还出现昏迷状态，医生、护士采取了不少措施。后来伤口好了些，肚子不大痛了，能下床了。但走路直不起腰，得拄根棍子，弯着腰慢慢地走。

我的这枚抗美援朝纪念章，就是在医院时发的。

老人把已经旧了的抗美援朝纪念章、军人退役证、军人登记表、病历复印件等物品很小心地包在一条手绢里，系了个十字结。

可能是我年轻，再生能力强，我竟然活了下来。这真是个奇迹啊！

在院子里碰上苏联医生，我们向他致意，表示感谢。他看到有的伤员伤病恢复得比较快，就点点头，说"哈罗少（汉语：好）"，或者说"奥其尼哈罗少（汉语：很好）"，鼓励我们要有信心。

在医院住了半个多月，我能坐起来了。又住了半个月，肚子渐渐地消了肿。这时候，我开始想部队了，但一三五团的战士没有一个在二十五军陆军医院一分院住院的。看到不少干部、战士来看望他们部队住院的战友，亲热得不得了，我很羡慕。我也希望我们部队的首长、战友来看看我，哪怕是来一个也好。可是，没有，一个都没有，他们绝大多数都牺牲了。受了伤的不知转到哪个医院了，幸存下来的也不知道在哪里。后来听说六连170多个人没活下来几个，四连、八连、九连的官兵全部牺牲了。战后，二营被命名为英雄营，六连被命名为英雄连，都找不到领奖的。营长秦长贵、教导员申维恒、副营长张广生至今没有音信。一班在上甘岭阵地的最前沿，从班长乔有仁到战士，全都牺牲了，乔有仁在上甘岭战役的第二天就牺牲了。看到不少战友的父母、姐妹、媳妇来医院看望他们,我也想家了。

想起刚入伍从德州坐着火车去东北时,下决心"不当官、不入党、不立功,就不给家里写信"的,现在看来,当官、立功都办不到了。上甘岭战役打响之前,不少战友写了入党申请书和请战书,可这场仗一打,首长、战友大多数都牺牲了,那些入党申请书、请战书估计也让美国鬼子的炸弹、燃烧弹炸没了、烧没了。在上甘岭没入党,一是我才17岁,年龄不够;二是天天打仗,炮火连天的,首长哪顾得上发展党员?

我想家想得,有时夜里一个人悄悄地流泪。终究还是个17岁的孩子嘛。想了几天,给爹写了一封信,说自己受伤了,现在黑龙江庆安县的二十五军陆军医院一分院养伤,托护士寄了出去。

本来,我信上只是给家里报个平安的,并没有让家里来部队探望的意思。但过了十几天,一天下午通信员来告诉我,李继德,你爹来看你了,还带了个小闺女,可能是你妹妹吧?这时我走路还无法走快。到了病房办公室一看,果然是爹,他身边还站了个女孩子,就是我媳妇齐振英。因为拜堂成亲的时候，只跟她待了两个多小时，印象不深，一时我竟没认出她来。她18岁了，个子也长高了。

爹一开始也没认出我来。当兵两年，我长了十几厘米，个子有一米七了，肩膀也宽了。爹惊奇地说，哎哟，你这小子长这么高了，成了大人了！

病友们听说我父亲来了，特别是我媳妇来了，都来看望。他们见我这么小就有媳妇，很是惊奇，还跟我开玩笑。

爹告诉我，我当兵走了之后，近两年没有一点儿音讯，家里都以为我牺牲了，没想到我活着，还在黑龙江养伤。我写的那封信，六天后家里才收到。爹再三考虑，做了个重要决定：带上儿媳，看看去！

可黑龙江在哪里呀？离山东黄河边有多远呀？爹和妻子都不知道。于是，爷儿俩打听着路，先步行60多公里到了淄博周村火车站，问了站上的工作人员，才知道庆安县还在哈尔滨北边呢。坐上去哈尔滨的火车，三天三夜才到达目的地，又往北坐了165公里的车，终于到了庆安县。

在路上，一共走了六天六夜。这时候，东北已经很冷了。

爹看了看我仍缠着一层一层绷带的腹部，点点头，说："行啊，儿啊，你捡了一条小命。"

妻子齐振英却不敢看。

爹又打量了我一番，说："好好养着吧。养好了，以后回家还得干活呢。"

我说："不，爹，我伤好了，还要上朝鲜战场上去！美国鬼子打死、炸死了我们那么多官兵，我得给战友们报仇！"

这时候，我问妻子："你叫啥名啊？"

妻子不高兴地说："你这个人可真是，俺给你当了两年军属媳妇了，你还不知道俺叫啥名啊？"

我不好意思地笑了。

爹和妻子在庆安县住了十几天，妻子每天给我洗洗衣服、打打饭。这时，我才知道，妻子在村里当了妇女主任，做了好多工作。我说，你很了不起呀！我当了两年志愿军没当上官，你倒先当上官了。后来，妻子还作为清河的妇女代表，参加过县妇代会，和县委、县政府领导合过影。妻子从1951年到1956年（17岁—22岁），当了五年村妇女主任。

这期间，我和妻子还去医院大门外边的一家私营照相馆照了张合影。那个照相馆离医院有200多米，我是慢慢地走过去的。我穿着棉军装，戴着栽

李继德和妻子在黑龙江庆安县

绒棉帽,只是帽子上没有五星帽徽,军装上也没有志愿军胸章。妻子留着浓黑的齐肩头发。那是我俩拜天地之后的第一张合影,也是我在部队和妻子照的唯一一张照片。

1953年元旦,庆安县的群众还把我妻子和医院里的一些家属请到他们那里去过新年。

元旦后又过了几天,爹和妻子看我的伤不要紧就回家了。回山东的路虽比较熟悉了,但也走了四天四夜。到了周村,仍旧步行回的家。

华东训练二团记事

1953年初，世界上发生了几件重大的事情。

1953年1月20日，杜鲁门从1945年至1953年连任美国总统的位子上卸任，由艾森豪威尔接任美国总统。

1953年3月5日，苏共中央总书记、苏联部长会议主席斯大林因患脑溢血去世，享年74岁。赫鲁晓夫接任苏共中央第一书记。

1953年1月，我的伤口已经痊愈了。我再三要求重返朝鲜战场，但这时朝鲜战场上已经很少打仗了，中国、朝鲜和"联合国军"的代表仍在谈判。我要求返回原部队，医生说你的伤挺重，回部队是不可能了。我急了，说："我的伤已经好了，我在战场上没立功，党员也没批，我一定要上战场，杀几个敌人。我要给黄继光报仇！"

医生说:"我必须对你、对部队负责。反正你是不能回朝鲜了,你就老老实实地在后方待着吧。祖国建设,也需要人呢。"

我又要求了几次,并对医生说:"你不能给我评残,谁给我评残我和谁拼命。评了残,我就别想再回朝鲜了。"

但医生在病历上下的结论却是"不符合部队工作条件",让我去训练团。这就是说,我再也去不了朝鲜了。

尽管心里很不情愿,但也没有办法。军人以服从命令为天职嘛。

1953年2月,我和几十名身体基本康复的伤病员被批准出院。

从庆安县乘上火车,一路南下,经过几天几夜的旅途,到达山东德州。在德州停车时,我的心十分激动。两年前,我就是从这里和新战友们坐上火车奔赴东北的。如今,我又回来了。从这里回家,还有200多公里。很遗憾的是,当初从德州离开时,自己下的决心没能实现。医院和训练团不发展党员,更不提干立功,也不评残,我的原部队又找不到,这回来了,我一没立功,二没入党,三没当官,四没评残。当时自己才17岁，好多事也不懂。

火车继续南下，到了枣庄薛城站，这里是铁道游击队的故乡。下了火车，坐上卡车，跑了几十公里，来到了驻在沙沟乡王黄铺庄的华东训练二团，我被分到了二营五连当学员。

到了这里，我们才知道，说是训练团，其实就是部队老弱病残军人的临时收容所。养好了伤，就复员回家了。我一个劲儿地说，坏了坏了，上当了上当了！

到了这里，我们的身份就不是志愿军，而是解放军了。我也不是十五军的战士，而是训练团的兵了。

我所在的连队有180多人，全国各地的兵都有，说话也南腔北调的。

没办法，我只能接受边休养、边学习的生活。这期间，不断地有身体康复的战士退伍回家，又不断地有新的伤病员送进来。

我的身体恢复后，连首长见我有文化，人也机灵能干，又乐于为战友服务，让我当了司务长。每天负责去街上买粮、买菜，或到微山湖边去买鱼虾。为了使伤病员们尽快恢复健康，训练团给他们的生活费比较高，他们的生活条件比较好。吃的东西全靠我一个人采购。买上几十斤的东西，我背着回来；买得更多，我挑着回来；到湖边买的鱼虾多了，我就花几毛钱雇个人挑回来。由于我热心为连队、为战士们服务，首长多次提出表扬。

这期间，我写信给家里，说我回到山东枣庄了。父亲接到信后，到训练团看了我一次。因我非常忙，父亲在这里待了两天，我就让他回去了。我没有回家探亲，妻子也没到训练团来探望我。

我保存了一份1953年5月15日的《个人总结材料》复印件，在鉴定一栏中指导员这样写道（繁体字）：

优点：1. 担任连的经济委员，不怕麻烦，工作积极。2. 劳动好，打扫卫生，还帮助老百姓干活。3. 团结方面特别好，对家属照顾周到。缺点：1. 学习怕动脑子，叫写稿子，他怕麻烦不写。2. 爱面子，好红脸。

在训练团，我时时刻刻都想着抗美援朝的战场。

平时连里来了报纸、油印的小报，我都抢着看上边关于朝鲜战争的战报。中朝和"联合国军"的谈判虽在进行，但美军仍不断地挑衅，我军也不断地给他们以迎头痛击。看着战报上说，我们又歼灭了多少美军，歼灭了多少南朝鲜军，击落了几架美军飞机，我和战友们也挺解气、挺高兴的。不断地来训练二团报到的伤员，也带来了许多朝鲜战场上的消息。

我盼着这场战争早点结束，志愿军可以减少更多的伤亡，朝鲜人民可以过上安定的日子，中国人民也能过上安定的日子，好加快祖国的建设。这时候，我们的国家百废待兴，为了抗美援朝，我们国家花了多少钱啊！我还想，我以前部队的首长和战友，幸存下来的有多少呢？等抗美援朝战争结束了，我能见到他们吗？

还有，黄继光牺牲后，他的遗体安葬在什么地方了？以后，如果有机会，我一定去给他上上坟（扫墓），给他敬一个军礼。

有时候做梦，会梦见上甘岭那炮火连天的场面，梦见我在浓烟烈火中跑着去坑道里送信、传达命令，梦到黄继光从地上一跃而起去炸敌堡、堵枪眼。有一回还梦见，黄继光没有牺牲。梦见前方敌堡中的机枪一个劲儿地扫射，"嘟嘟嘟嘟"的。黄继光扛来了一支火箭筒，我给他装上火箭弹，说，哎，还是这家伙来劲儿。我俩趴在一个土坡后边，黄继光瞄准敌堡，问我，行吧？我说行。黄继光说，那我打了？我大声喊道，打！黄继光一扣扳机，火箭弹"嗵"的一声朝前飞去，敌人的碉堡一下子就被炸得飞上了天。

1953年7月27日，交战双方在"三八线"附近的板门店签订了《朝鲜停战协定》，抗美援朝战争结束了。官兵们听到这个消息，都很高兴，互相握手、拥抱，表示庆祝。地方上也敲锣打鼓，鸣放鞭炮，张贴标语，召开大会，唱歌演戏，进行庆祝。但另一方面，我却很不高兴。本来，我想身体恢复后，再回部队的，即使朝鲜去不了，再去野战部队干几年也行。我才18岁呀，再当兵还是小兵呢。现在不但朝鲜去不了，野战部队去不了，还要解甲归田了。

1954年9月，志愿军开始陆续撤回国内，但仍有部队驻在那里。有的新兵入伍后还去朝鲜，只是不打仗了。那些部队直到1958年才全部撤回国内。

还有一件事挺遗憾的。自我入伍当志愿军，到1953年去华东训练二团，再到退伍，军帽上一直没有帽徽，胸前也没有胸章，不像电影《上甘岭》、京剧《奇袭白虎团》里的演员胸前佩戴了印着"中国人民志愿军"的胸章。到了训练团，胸前也没有

1958年9月,中国人民志愿军归国部队乘火车到达丹东

"中国人民解放军"的胸章。你看,后来的解放军军帽上的红五星帽徽、圆形帽徽,领子上的红领章、金色领花,多威风,多漂亮!

复员回乡

我在训练二团待到1954年6月,连队决定让我复员。虽然一百个不愿意,但部队决定了,你不愿意也得走。连长在全连大会上说,抗美援朝胜利了,美帝国主义老实了,不敢再侵略朝鲜了,也不敢轰炸我们东北了。同志们要回到家乡,参加社会主义建设了。这个任务也很艰巨,很光荣。因为,我们的国家现在还很贫穷呢。因为,进行了抗美援朝,国家花了很大的代价呀。所以,希望你们回到地方上以后,继续发扬我们部队的光荣传统,继续发扬抗美援朝精神,敢于战胜困难,为建设中华人民共和国做出新的贡献,再立新功!

然后,连长又宣布了保密纪律。

我在训练二团填写过一份《军人登记表》,其中有一页《爱国公约》,是用繁体字写的:

1. 我回乡后绝对不给群众闲谈我部队的实力、编制、番号和一切机密的军事行动。

2. 关于国家的一切重要建设和计划，在没有公开以前，我绝对不随便向其他人闲谈。

3. 我回乡后尊重政府人员，不无故和政府、和群众闹任何无原则的群众纠纷。

4. 严格尊（遵）守政府颁布的法令、政策和一切交通规章。

5. 我放弃个人利益，代（带）动群众响应政府一切的号召，积极参加农业、政权、民兵等建设，为满（圆）圆（满）完成国家的第一个五年计划而奋斗。

6. 我回乡后，决不居功骄傲、自高自大，虚心向群众学习。

7. 保持我军坚（艰）苦朴素的优良作风，反对贪污腐化、游手好闻（闲）和违法乱纪不良倾向，保持荣誉，发扬荣誉，在实际工作中创造更新的荣誉。

二排六班李继德（名字上按了手印）

1953年2月23日

复员时，每人发了两身蓝制服、100万块钱（即100元），还可以带走棉大衣。因早有思想准备，我打起背包,和高青籍的十几名战友一块儿乘上了北去的火车。

车到济南,我对带队送我们的干部说,我有个姑姑在济南,我好几年没见她了,我要去看看她,然后再回高青县人武部报到,行不行?

带队干部同意了。

我来到姑姑家,因为我个子长高了,姑姑一开始没认出我来。她非常高兴,对我说,你平平安安地回来了,很好啊!回到家,好好地和媳妇过日子吧。又说,你爹他们的船正在泺口那边装石头呢,你快去找他们吧。

我雇了辆洋车(三轮车),来到泺口赵家庄,了解到父亲在白龙湾渡口那边。来到白龙湾,找到了父亲,告诉他我复员了。父亲很高兴,问伤都好了?

我说好了,起码生活是没问题了,体力慢慢恢复。父亲说,那你先别回家,先在船上干点儿活,再跟船一块儿走吧!那条船是从济南黄台山装上石头,然后顺水东去,先到济阳卸了石头,再返回泺口装上石头,后到清河,最后到达黄河口的利津。

来回运了一个多月的石头,我背上背包,下了船,往家走去。

我回到家，见了继母、妻子、弟弟、妹妹，然后收拾了一间房和妻子住。

休息了几天，我到爹他们的船上又当起了船工。

复员后的 20 多年里，是没有任何补贴的。到了 1980 年，生活比较困难的志愿军老兵才有了补贴。开始是每个月 4 元，之后是每个月 7 元、10 元、15 元、20 元、25 元、30 元、35 元，每年都长点儿。2018 年，高青县退役军人事务局成立，负责退役军人的优抚安置工作，复员军人的待遇越来越好，社会地位越来越高。

想念黄继光

回到故乡安顿了一段时间,我想起了跟黄继光的生死约定。

我总是想起,和他一块儿就着雪吃炒面,和他一块儿在那么冷的天去背米,和他在一个土洞里养冻伤了的手和脚,和他在一个被窝里互相取暖,和他一块儿在营部当通信员的日子。

我想,现在国家安定了,没有战争了,我也过上老婆孩子热炕头的日子了。可黄继光呢?他牺牲后埋在什么地方了?他老家的老母亲又是什么情况呢?

我经常睡不着觉,一个人在院子里坐到天亮。

我家所在的黄河岸边的这个小村,离县城约25公里。二十世纪五十年代,没有电,没有广播,也没有报纸,更不通公共汽车,消息很闭塞!

直到2015年记者来采访我的时候,我才知道黄继光立了特等功,是特级战斗英雄。在这之前,我只知道黄继光牺牲了,他死得很英勇,肯定是烈士。但没想到,他获得了那么高的荣誉。

这时候,全国人民都在学习黄继光,小学语文课本上也有了《英雄黄继光》。

我跟黄继光战友加兄弟一场,他对我又那么好,他已经牺牲好几年了,我还没给他家里写信呢。答应了的事,一定得办。于是,我写了一封信,在信封上写上"四川省中江县"。可黄继光的家在哪个乡哪个村,我并不知道,黄继光的父亲、母亲叫什么名字我也不知道,更没有地方打听。我想,黄继光是志愿军烈士,我寄了信去,中江县的人看了,很可能就把信转到黄继光家里了。于是,我写上"黄继光家人收",把信寄了出去。

我等了好长时间,没有收到回信。

我仍不甘心,1978年,又壮起胆子,给一个上级单位写了一封信,说请首长帮我联系黄继光的家人,我要表达自己的心情。

不知道这封信有没有寄到,反正是没有回音。

从那之后,我给中江县又写过两次信,都没有回音。

过了一段时间，我来到高青县民政局，提出我想去四川省中江县看看黄继光的家人。县民政局的干部听了，说从山东到四川这么远，你有这么多路费吗？再说，你又不知道黄继光的家在哪里，你去了怎么找得到呢？

此后很多年，我没再跟别人说过我是黄继光的战友。因为，我作为一名退役军人，还有保密的任务哩。但在我心里，却是永远也忘不了黄继光的。

到了1966年，我才知道毛主席的大儿子毛岸英在朝鲜战场上牺牲了。当时我太感动、太难过了！我跑到黄河边，冲着河水大哭了一场。我说，毛主席啊，你太不容易了，太苦了！你的夫人杨开慧被敌人杀害了，你的大弟弟毛泽民、二弟弟毛泽覃让敌人杀害了！你的儿子毛岸英，也是我们的志愿军战友啊！他牺牲的时候只有28岁啊！

毛岸英，1922年10月出生，是毛泽东的长子，湖南韶山人，曾参加苏联卫国战争，在解放区参加过土地改革运动，做过宣传工作，当过秘书。中华人民共和国成立初期曾任北京机器总厂党总支副书记。1950年秋季，他主动请求参加志愿军，得到了毛泽东的支持。1950年10月19日，毛岸英作为志愿军司令部的俄语翻译和秘书，跟随总部入朝。1950年11月25日，美军轰炸机向志愿军总部投下几十个凝固汽油弹，在作战室紧张工作的毛岸英壮烈牺牲。后安葬在朝鲜桧仓中国人民志愿军烈士陵园。当选"100位新中国成立以来感动中国人物"。

直到几年前，我才听说毛主席在1953年4月接见了黄继光的母亲，还请她到中南海做客。我如果能早知道这件事，我得给黄妈妈写封信，最后署上"您的儿子李继德"，让黄妈妈早一点儿看到这封信。毛主席接见黄妈妈的照片，我以前没见过，还是2015年记者来采访我时，让我从他的手机上看的。

黄继光的母亲

笔者第二次采访老人时，带去了从网上下载后扩印的毛泽东接见黄继光母亲的照片，还有黄继光堵枪眼图画的照片、黄继光画像的照片、志愿军卫生员王清珍的照片。老人看了十分激动，叮嘱儿子、儿媳：买个相框，镶起来，挂起来，永远保存！世世代代保存下去！

父亲年纪大了之后，不当船工了，回到了村里。我在船上干了一年多，虽说年轻，但扛石头的活太累太重，我的身体受过伤，还是受不了的。我要照顾家，要参加村里的劳动，便回到了村里，种河滩上的那几亩地。这时，农村已开始搞合作化了。

笔者在采访李继德时，他很少谈自己当了21年生产大队长，为村子、村民做的工作。经笔者再三询问，他才说了一些。

1956年，村里选举村干部，没想到把我选上了，让我当村生产大队长。这年我才21岁。我说我干不了。村民们说，你是志愿军老兵、复员军人，出去见过大世面，怎么干不了？我说，我当兵的时候一个人也没领导过，全村有200多口人呢。村民们还是说，你干生产大队长没问题。于是，我这个毛头小伙子就当上了生产大队长。第一阶段干到1964年，干了8年，我29岁了。当大队长没有报酬，是为村子和村民们服务的。

我们村里没有工厂，也没有别的副业，我便起早贪黑地带领村民们种地。

我从部队回来的这60多年里，也碰上了好多困难，但我都挺过来，坚持下来了。在困难的时候，我就想，这些困难还比得上我和黄继光去背米难吗？还比得上我们在上甘岭上难吗？人哪，没有过不去的坎，没有过不去的山。

1959年到1961年，国家遭遇了三年困难时期。农民的日子同样是很苦的，我和村干部们想了好多办法，让村民们尽量吃饱肚子。

我们村地处黄河滩区，地势比较低，一下大雨村子四周就全是水，每年黄河汛期，村子都要防汛。那时候，我们这里的房子和院墙全是土坯垒的，没有砖瓦房。1958年汛期，黄河水很大，漫了滩，把俺们村包围了，洪水几乎平了堰，村子成了一座孤岛。村外的水最深的地方有三米半。我带领村里的男女老少，日夜守在村子四周的小（围）堰上，发现有危险，就赶紧加高、加厚围堰，防止渗漏溃堤。我们坚持了一个多月，洪水最终没有进到村子里来。在我当生产大队长期间，黄河漫了五次滩，我们村一次也没有被淹。

1976年，邻村北李村被洪水泡坏了围堰，水涌进村子,把房子全泡塌了。公社人员用备好的大船,把村里的乡亲接上船,转移到安全的地方。等洪水退去以后,再把村民们送回来。房子也是重建的。

我们村还和邻村一起修水渠、修路。

1965年,村里推选我当生产排长,还是干生产大队长的活。这个阶段干到1978年,干了13年,从我30岁干到43岁。因黄河每年汛期对村子威胁都很大,我和村干部便向上级提出进行村子的房屋规划。上级批准以后,拨付了资金,村里雇了推土机、拖拉机,干了好几个月,修了村中的路,加高了围堰。这样一来,黄河水再大,我们也不怕它了。

我四十七八岁时,村里一个孩子病得挺重。我用一辆地排车拉着他,到黄河北边的惠民县北镇去看病,救了他一命。去北镇往返75公里,当天来回。那个孩子现在50多岁了。

中年的李继德

我60岁那年，县乡里关怀俺们，为了防汛，调来了挖掘机、翻斗车垫房基地，升高了两米。一辆施工的翻斗车在拐弯时拐得太急了，一下子翻到水沟里去了，司机也掉进了挺深的水里。好多老人、妇女在岸边看着干着急，不敢下水。我听到这个消息，跑过来一看，二话没说，没来得及脱衣服，跳下去把他救了上来。那是秋后了，天挺冷的，我要是不救他，他淹不死，也得冻死了。

曾有人说我这个复员军人是假的，还说是从朝鲜偷着跑回来的，没有退役军人证。这可把我气坏了。我带上退役军人证、抗美援朝纪念章，还有我在陆军医院的住院证明，骑上自行车，跑了25公里，到了县武装部。县武装部的田参谋对我说，你别听那些人胡说，也别生气。我心里这才好受了一些。

在2015年之前，我没有去过老部队。我退伍后，我的老部队去了哪里，我幸存下来的老首长、老战友去了哪里，我一概不知道。我除了和几个乡亲推着独轮车去了几趟利津、沾化、阳信，最远的地方是1974年去了一次河北衡水。去那里是为了买自行车。

如愿去四川黄继光的家乡

2015年3月的一天,我的孙女小霞回到家,对我说,爷爷,这些天有的人在网上说黄继光堵枪眼是假的,是不可能的,还说黄继光不该去堵那个枪眼呢,还有的人说中国当年不该打抗美援朝那一仗。我一听就气坏了。他们根本不了解抗美援朝、上甘岭战役是怎么回事,更不了解、不理解黄继光的英雄行为。这种贬低诬蔑英雄的言论,是绝不允许的!我气得好多天睡不好觉。有时好不容易睡着了,又梦见飞机响,炸弹响,机枪响,看见黄继光左手握着手雷,从地上一下子站起来,冲向前去,把手雷塞进敌堡的机枪孔里……

我把我是黄继光战友的情况反映给了木李镇的通讯员,通讯员向县里汇报后,县里安排电视台来采访了我,又告诉了《农村大众》《鲁中晨报》的记者。听说我是黄继光的战友后,七八位记者来采访我,并在报纸上做了报道。《鲁中晨报》的记者听到我想去四川省中江县看看黄继光的家人,看看黄继光生活过的地方,就尽快向报社领导做了汇报。于是,2015年4月23日两辆车从高青县出发,载上我和记者们直奔四川省中江县。经过两天多的时间,两千多公里的行程,到达了中江县。先来到了黄继光纪念馆,在这里见到了担任讲解员的黄继光四弟黄继农的大儿子黄拥军。

黄继光纪念馆大门上方悬挂着中国共产党创始人之一董必武题写的"黄继光纪念馆"牌匾。

门柱上悬挂的楹联为四川著名作家马识途所题:

坚如玄武铁骨铮铮果是烈火出金刚
魂归凯江英名荡荡理当全民奉祠祀

山岩上,镶嵌着1982年纪念黄继光烈士英勇牺牲30周年时,邓小平题写的"特级英雄黄继光"七个大字。

我走进黄继光纪念馆,刚一进门,看见了黄继光的铜像。我先立正,向他行了一个军礼,再献上鲜花。然后,我问馆里的工作人员,我上去摸摸他行不行?馆里的工作人员说,按规定,观众是不能进去抚摸铜像的,我们请示一下领导。经请示,领导同意了。我来到黄继光的铜像前，一下子就抱住了他。我摸着他的脸，流着泪说，黄继光啊黄继光，我的好战友啊，我的好哥哥啊，我终于又看见你了，又抱着你了！你还记得咱们在一个被窝里睡觉吗？你还记得咱们的生死约定吗？

黄继光纪念馆里陈列着一张志愿军司令部政治部寄给黄继光家里的三等功喜报，上边印着：

黄继光同志在坚守五圣山的战斗中创立功绩，业经批准记三等功壹次；这不仅是个人的光荣，全军的光荣，也是人民的光荣，祖国的光荣。

特向黄邓氏先生报喜

中国人民志愿军司令部政治部仝贺

（下盖："中国人民志愿军关防"红色长方形大印）

馆内还陈列着一块绣着"可爱祖国"红字的白手绢。这是黄继光临入伍时当地群众送给他的，他留给了母亲。黄妈妈又捐赠给了纪念馆。

然后，我在中江县委宣传部、武装部、黄继光纪念馆工作人员的陪同下，乘车跑了三四十公里的路，来到了黄继光的家乡。黄妈妈在许多年前就去世了，黄继光的两个哥哥、一个弟弟也去世了，黄继光的弟媳还健在。她接见了我，和她的儿子黄拥军、黄中凯陪我来到黄继光父母的墓前,献了鲜花,敬了酒。我向黄继光父母的墓碑深深地鞠了三个躬,流着泪说,黄妈妈、黄爸爸,我来得太晚了,我没能看到你们啊!对不起了,对不起了!

黄继光家的院子里,有一棵梨树,是黄继光当兵临走时栽下的,已长得又粗又大了。黄继光家的房间里,摆放着他当兵前干活用的镰刀、锄头,以及黄妈妈用过的织布机。墙上挂着一张毛主席接见黄妈妈的大照片。照片中间站着的是周恩来总理的夫人邓颖超。

回到山东老家后,电视、报纸上报道了我去四川中江县黄继光故乡的情况,陆续来了不少人看望我、采访我。

上级联系到了黄继光生前所在部队,现为武汉黄陂的空降兵某部。该部队有一个黄继光连。2015年5月,我在记者们的陪同下来到了黄继光连。这个连每天晚上点名时,值班排长喊一声:"黄继光!"全连战士齐声答道:"到!"连队的黄继光班里有一张床,是黄继光的铺位。我来到那个铺位前,摸了摸叠得整整齐齐的被子,在床上坐了一会儿。班长向我介绍,每天晚上睡觉之前,一名战士为黄继光铺好被子,第二天再把被子叠起来。

我向部队的师长提出请求，我想在部队站一班岗。师长同意了。我换上军装，戴上军帽，扎上腰带，拿着枪在哨位上站了一阵子岗。部队把军装、军帽、腰带都送给了我。这真是太珍贵了。

　　我还应邀到北京、安徽电视台接受采访，并给几个机关、学校、部队的职工、学生、官兵做了报告。

　　2015年5月，黄继光的侄子黄拥军和中江县委宣传部的领导从四川来看望我，送给我一尊黄继光的塑像。2015年10月、2016年12月黄拥军又来过。

　　2015年7月的一天，一位军人找上门来，说他是张广生弟弟的孙子，请我讲讲他从没见过的大爷爷（他称呼大爹）张广生的情况。我根据记忆，给他做了讲述。他还带来了一位画家，让画家根据我讲的张广生的相貌特征，给张广生画了一张像。据我了解，张广生、机炮连连长崔凤楼都没有结婚，没有后代。他们都牺牲了，崔凤楼在黄继光牺牲前就牺牲了。他们那时候年龄都不大，也就二十五六岁。

　　崔凤楼是河南省林州人。他的侄子从电视上看到我的消息，2018年来找我了解过崔凤楼的情况。我给他写了证明，让他们再去湖北的空降军查有关资料。

我和战友黄继光

84 岁加入中国共产党

从 1951 年 1 月参加志愿军，我就想先入团，再入党。1951 年 7 月 20 日我入了团，但一直没能入党。1952 年时，我还不满十七岁，不到入党年龄。在抗日战争、解放战争时期，有十五六岁、十七岁入党的，到了抗美援朝时期就要求年满十八岁了。上甘岭战役一爆发，大多数首长和战友牺牲了，我们的入党申请书也早就毁于战火之中了。1953 年 2 月到了华东军区训练二团，训练团里有党组织，但因是临时单位，不发展党员，所以我复员时也没实现入党的愿望。

2015 年之后，不少单位请我去做报告。主办单位领导介绍我是黄继光的战友、老志愿军战士、老党员。我耳朵虽有些背，但听到了，就说，不对不对，我还不是党员呢。再后来又去做报告时，我对听报告的人说，你们都是党员，我不配给你们做报告呀！我非常惭愧。有的单位还请我带领党员们在党旗下宣誓，我心中更加不安。

2016年5月，我写了入党申请书，交给了村党支部。镇上有人来看我，我把这件事告诉了他们。

2019年5月，镇上有人到我家，说上级派他们来了解我要求入党的情况。他们问我，你的入党申请书交给了谁？我说交给村党支部了。过了一段时间，镇上的人又来我家，让我再写一份入党申请书。

又过了一段时间，杨方管区来了人，让我到杨方管区去。我去了之后，杨方管区的工作人员说上级党组织准备发展我入党，让我填写入党志愿书。我填不了，便请一位党员乡亲去管区帮我填了表。管区工作人员让我找两名党员当我的入党介绍人，我就请了本村的两名党员。后来，村党支部通知我去开会。我去了后，村党支部负责人告诉我，上级党组织批准我为预备党员了。我还参加了一个捐助活动。这样，从2019年12月16日起，我就是中共预备党员了，成了9000多万党员中的一员。我终于实现了一个美好的愿望，心里非常高兴。在回家的路上，我一边走，一边唱"雄赳赳，气昂昂，跨过鸭绿江。保和平，卫祖国，就是保家乡"。从在抗美援朝的战场上要求入党到成为一名党员，经过了68年。我郑重地向村党支部交上了党费。

2020年12月的一天，党组织通知我，我从2020年12月16日已经转为中国共产党正式党员了。我更加高兴。过了几天，村党支部通知我参加入党宣誓。到了村党支部后，我和全村党员站在党旗下举起右拳，庄严宣誓：

我志愿加入中国共产党，拥护党的纲领，遵守党的章程，履行党员义务，执行党的决定，严守党的纪律，保守党的秘密，对党忠诚，积极工作，为共产主义奋斗终身，随时准备为党和人民牺牲一切，永不叛党。

宣誓的时候，心中的神圣感真是难以诉说。我当时想，要是在上甘岭的坑道里，我和黄继光等战友站在党旗下，由连长、指导员带领我们入党宣誓，那该多好！

又过了20多天，村党支部发给我一枚党徽。我太高兴了，赶紧戴上了。

2019年5月，中央电视台为拍摄大型系列专题片《国家荣光》的第一集《特级英雄黄继光》，到高青县采访了李继德。

2020年上半年，中央电视台两次播放为李继德拍摄的专题片，其中一次是4月1日李思思主持的《回声嘹亮》专题节目，节目邀请了黄继光生前所在部队

李继德和本书作者有令峻（右）

官兵。李继德在讲到黄继光英勇牺牲时，忍不住老泪纵横。李思思也被感动得流了泪，她蹲在老人身前，用纸巾为老人擦泪。

2020年10月19日，中央电视台播放纪念中国人民志愿军抗美援朝出国作战70周年节目，其中李继德多次讲述黄继光的英雄事迹。

2020年10月，淄博市、高青县、木李镇的领导来到李继德家，向他送上中共中央、国务院、中央军委颁发的中国人民志愿军抗美援朝出国作战70周年纪念章。现在他外出做报告，都会戴上红光闪闪的党徽，挂上纪念章。

2020年10月25日，中共中央宣传部主办，中央电视台举办《英雄儿女——纪念中国人民志愿军抗美援朝出国作战70周年文艺晚会》，节目中先是出现了一个青年演员扮演李继德，然后是李继德讲述他和黄继光看了电影《普通一兵》后，黄继光和他的生死约定。李继德说："我们有今天的和平日子，就是因为有千千万万个黄继光这样的英雄！"在中央电视台制作的晚会宣传画中，身穿陆军迷彩服的李继德被排列在最前边的正中间位置。

2020年11月，以黄继光为题材的歌剧《同心结》在国家大剧院上演。歌剧由中国人民解放军原总政治部歌剧团于1981年创作。

2021年6月26日，淄博市举办"淄博老兵——庆祝中国共产党成立100周年红色记忆纪实摄影展"，请李继德和其他两位志愿军老兵孙广瑞、王志喜参加开展仪式。李继德和孙广瑞、王志喜互相敬礼，少先队员为他们佩戴了红领巾。

展览的主办方说：老兵们见证了那段波澜壮阔的历史。他们舍生忘死，为民族、为国家抛头颅、洒热血的正义情怀，永远激励着青年一代发愤图强。

新时代爱国主义教育经典读物

烽烟滚滚唱英雄，

四面青山侧耳听，侧耳听，

晴天响雷敲金鼓，

大海扬波作和声。

人民战士驱虎豹，

舍生忘死保和平。

为什么战旗美如画，

英雄的鲜血染红了它。

为什么大地春常在，

英雄的生命开鲜花！

……

2021年6月14日、10月24日于济南

黄继光写给母亲的信（节选）

母亲大人：

　　男于阳历十月二十六日接到来信，知道家中人都很安康。目前虽有少些困难，请母亲不要忧愁。想咱在前封建地主压迫下，过着牛马奴隶生活。现在虽有少些困难，是能够渡过去的。要知道咱们英明共产党，伟大领袖毛主席正确领导下，幸福的日子还在后头呢！现在为了祖国人民需要站在光荣战斗最前面，为了全祖国、家中人等幸福日子，男有决心在战斗中为人民服务，不立功不下战场！最后，请母亲大人及全家人等保重身体，并请回信一封，把当地情况，土改没有，及家中哥哥嫂嫂生产比前好吗。

　　　　　　　一九五二年四月二十九日，战斗中

新时代爱国主义教育经典读物

邓芳芝给中国人民志愿军的信

英勇的志愿军同志们——我亲爱的儿女们：

我是黄继光的妈妈。继光是我心爱的三儿。去年十二月二十六日，我去赶集，知道光儿在朝鲜前线牺牲了，当时我身上像割了一块肉，天下母亲谁不疼她的儿女！

就在这天以后，村里、乡里的人不断来看我，查区长、张副县长、遂宁专区兰专员都从很远的地方翻山越岭来慰问我。他们都说：继光在上甘岭战斗中，用自己身体堵住敌人的机关枪眼，让战友们冲上去，消灭了一千二百多个美国鬼子，为祖国立了大功。大家都说我养育了这样一个英雄，是很光荣的，叫我不要过分伤心。

大家对我的关心，教育了我，使我记起了光儿离家时说的话："妈妈，这回我志愿到前线去，要保卫我们翻身的胜利果实，保卫祖国和世界的和平。我一定时时记着妈妈的话，多杀美国鬼子！"现在，光儿是做到了他自己说过的话了。他为了多数人过幸福日子，牺牲自己，他有志气。

现在我走到哪里，人们都称呼我"英雄的妈妈""光荣的妈妈""亲爱的妈妈"。北京、哈尔滨和辽东的海城……很多很多地方的青年学生们，都写慰问信给我，要我接受他们做我的儿女。四川省人民政府李井泉主席也亲笔写信慰问我，还派来了慰问团。还有中国人民第二届赴朝慰问团第三分团副团长尹超凡，也亲自跑来慰问我，他带来了你们的心意，他说你们都要认我做妈妈，要踏着光儿的血迹勇敢前进。我失掉了一个儿子，现在却有了千千万万个儿子。

亲爱的儿女们，我像爱光儿一样地爱着你们。我希望你们也像光儿一样，在彭司令员的教导下，英勇作战，更多地消灭美国鬼子，为光儿报仇，叫全世界的人都过和平、幸福的好日子。

亲爱的儿女们，请不要记挂我的生活，人民政府和乡亲们对我照顾得很好。人民政府给我发了抚恤金。四川省各界人民还给我送来了许多慰问金和

黄继光的母亲和女青年

慰问品，从穿的衣服，烧火用的火钳，到生产上用的肥料，都给我送来了。

我虽然已经六十一岁了，但我觉得我并不算老，还有很多力量要献给祖国。我现在是村上的妇女代表，我要积极响应政府的各种号召，在工作中起带头作用。我准备把慰问金用到生产上去，为国家多打些粮食来支援你们。我还要把我的小儿继恕教育好，教他学哥哥的样子，争取当英雄和模范。

望你们常常来信，免得我挂念！

我等着你们胜利的消息！

一九五三年